JEAN PÉRIER

LA

PROSPÉRITÉ ROCHELAISE

AU XVIIIᵉ SIÈCLE

ET LA

BOURGEOISIE PROTESTANTE

PRÉFACE PAR

Edmond DEMOLINS

—⁓⟨⟩⁓—

TYPOGRAPHIE FIRMIN-DIDOT ET Cᴵᴱ

MESNIL (EURE)

LA

PROSPÉRITÉ ROCHELAISE

AU XVIIIe SIÈCLE

ET LA

BOURGEOISIE PROTESTANTE

Typographie Firmin-Didot et Cie. — Mesnil (Eure).

JEAN PÉRIER

LA
PROSPÉRITÉ ROCHELAISE

AU XVIIIᵉ SIÈCLE

ET LA

BOURGEOISIE PROTESTANTE

PRÉFACE PAR

Edmond DEMOLINS

TYPOGRAPHIE FIRMIN-DIDOT ET Cⁱᴱ

MESNIL (EURE)

PRÉFACE

L'étude que l'on va lire, et qui a paru dans la *Science sociale,* a une portée qui dépasse les limites de la ville de La Rochelle, même les limites de la France.

Sur ce théâtre, en apparence restreint, on voit se préciser, beaucoup mieux que sur un théâtre plus vaste, un grand fait social : l'empreinte particulière qu'imprime à toute une catégorie d'hommes l'exercice d'une profession déterminée.

Ici, il s'agit d'un groupe d'hommes attachés au commerce, mais artificiellement et en vertu d'une contrainte imposée par les pouvoirs publics.

Le commerce développe en eux certaines aptitudes qui dérivent de ce genre de travail; on voit ainsi se dessiner peu à peu le type très net du commerçant rochelais.

Mais ce commerçant est, en même temps, au point de vue religieux, un protestant.

M. Périer indique les causes qui ont développé le protestantisme à La Rochelle.

Mais il montre, en outre, que le type du protestant rochelais, a été façonné moins par la religion que par le travail. Il en donne une preuve décisive : le jour où ce Rochelais peut enfin s'évader du commerce, dans lequel une contrainte légale l'avait comme emprisonné, il perd rapidement, dans l'oisiveté, ses qualités sérieuses distinctives, bien qu'il reste cependant attaché à la religion de ses ancêtres.

Ces qualités provenaient donc de la nature du travail et de la persécution plus que de la forme religieuse.

Mais cette étude a une portée encore plus grande (car le meilleur moyen de dégager une loi très générale est de prendre comme point de départ un fait très circonscrit, dont on peut saisir exactement tous les détails).

Cette étude aidera à ramener à des proportions plus exactes l'action de la religion dans la vie sociale.

Trop de gens — dans des intentions très différentes, — sont portés à rendre la religion, quelle qu'elle soit, responsable de l'état social. Alors, suivant les besoins de leur cause et suivant leurs opinions religieuses ou irréligieuses, ils mettent à l'actif de la religion soit le bon, soit le mauvais état social. Ainsi la religion est livrée aux disputes des hommes, ce qui attise davantage les luttes et les haines religieuses. Et cela n'est pas à désirer.

Ce simple tableau d'une ville de commerce contribuera à mettre les choses au point. Il montrera, en même temps, une nouvelle et intéressante application de la Science sociale.

Edmond Demolins.

LA

PROSPÉRITÉ ROCHELAISE

AU XVIIIᵉ SIÈCLE

ET LA

BOURGEOISIE PROTESTANTE

I

LE COMMERCE DES PRODUITS NATURELS DE L'AUNIS

La Rochelle a eu, dans la seconde moitié du dix-septième siècle et pendant tout le dix-huitième, une grande prospérité commerciale dont les causes sont demeurées, jusqu'à ce jour, assez obscures. J'entreprends de les rechercher.

Mais avant d'entrer dans le cœur du sujet, je dois exposer certaines données utiles à la solution du problème que je voudrais résoudre.

I. — LES CONDITIONS DU LIEU.

L'Aunis et les deux îles de Ré et d'Oléron forment, dans l'Ouest de la France, un petit monde isolé.

Ré et Oléron sont isolées par la mer. Quant à l'Aunis, il est isolé de la Vendée, du Poitou et de la Saintonge par les terres basses qui l'environnent et au-dessus desquelles il émerge : ce sont, au Nord les marais de la Sèvre, au Sud les marais de la Charente; régions où tout diffère de l'Aunis : sol, cultures et gens.

Mais, pendant des siècles, l'Aunis fut plus qu'isolé ; il était, à vrai dire, séparé du reste de la France.

En effet, les marais qui l'avoisinent, envahis par les eaux de la mer ou encore mal asséchés, n'étaient que des marécages qui

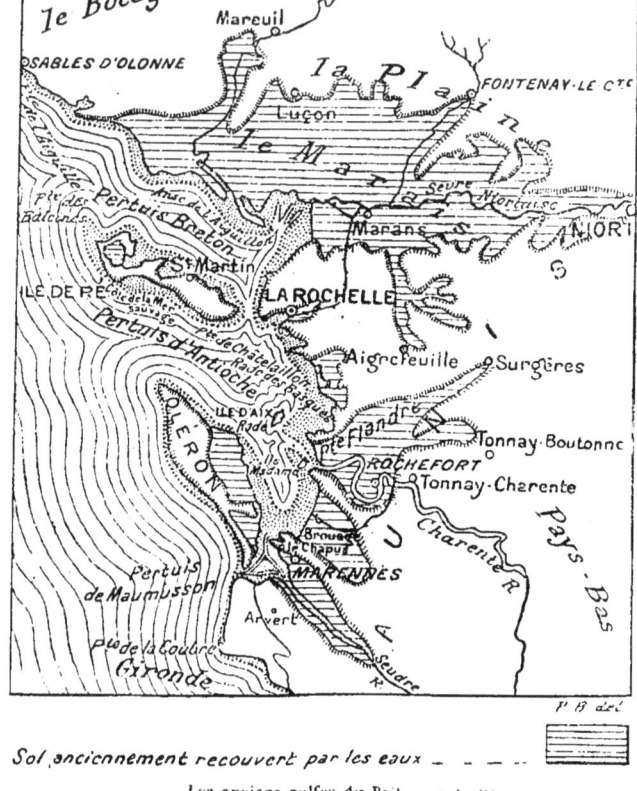

Sol anciennement recouvert par les eaux _ _ _ _

Les anciens golfes du Poitou et de l'Aunis.

le séparaient de la Vendée, du Poitou et de la Saintonge. Alors, l'Aunis était une véritable presqu'île reliée à la France seulement par un isthme étroit qui, de nos jours, se placerait, comme on peut le voir sur la carte ci-jointe, entre Aigrefeuille et Surgères (1).

(1) Le terme Aunis porté sur la carte indique une circonscription administrative, la Généralité d'Aunis créée au dix-septième siècle, mais non pas le véritable Aunis social,

C'était, encore plus que maintenant, un petit monde isolé dont La Rochelle était le centre. L'Aunis avait quelque chose de si particulier, de si personnel que, malgré sa faible étendue, il comptait comme province ; c'était la plus petite province du royaume, ayant sa coutume et dont, en 1789, l'un des vœux les plus ardents était d'obtenir des États provinciaux.

Cette région se distingue également des régions voisines par la nature de son sol. En Aunis, comme dans les îles de Ré et d'Oléron, le sol n'est généralement formé que d'une mince couche de terre maigre et pierreuse, reposant sur un fond de roche calcaire tendre et friable, connue dans le pays sous le nom de « banche ». Souvent même, dans le voisinage de la mer, la mince couche de terre est remplacée par le sable. Le climat, déjà assez chaud, augmente la sécheresse naturelle du sol. Il n'est pas étonnant que les céréales viennent mal sur un sol aussi sec et aussi pauvre. Mais, par contre, un semblable sol, placé sous un tel climat, convient parfaitement à une plante peu exigeante, s'accommodant des terres les plus médiocres, préférant même les terres calcaires : on a nommé la vigne. Il y a encore quinze ans, avant que le phylloxéra n'eût commencé ses ravages, l'Aunis et les îles de Ré et d'Oléron formaient, depuis le onzième siècle, un riche vignoble.

Le climat chaud de l'Aunis et des îles leur permet aussi de recueillir sur les côtes un autre produit important : le sel. Çà et là, les dunes ou les falaises s'abaissent, s'ouvrent et laissent un passage aux eaux de la mer qui viennent former de nombreux marais salants.

Vins, eaux-de-vie, sel, voilà donc les produits naturels, presque uniques, de l'Aunis et des îles. Jusqu'à l'invasion du phylloxéra, l'exploitation de ces produits fournissait, depuis des siècles, aux habitants de ce petit coin de France leurs principaux moyens d'existence (1).

historique, qui, pendant de longs siècles ne fut composé que de la petite presqu'île déchiquetée dont l'isthme se place entre Aigrefeuille et Surgères.

(1) Depuis une vingtaine d'années, la pêche et la « culture » des huîtres et des moules ont pris, il est vrai, une assez grande extension ; mais ces travaux n'occupent qu'une faible partie de la population. Quant aux diverses cultures pratiquées depuis les ra-

Mais l'homme ne peut vivre directement de vin et de sel. Tout ce qui dépasse la consommation locale doit être exporté pour être échangé contre d'autres produits nécessaires à la vie ; ainsi apparaît la nécessité du commerce.

Justement, l'Aunis, rejeté pour ainsi dire vers la mer, est admirablement situé pour expédier ses produits au loin. Dans le passé, sa position était même plus avantageuse que dans le présent : les transports par terre étant alors longs, pénibles, dispendieux, la mer offrait, au contraire, une voie rapide et peu coûteuse. De tous temps, la mer a donc été pour les gens d'Aunis une route préparée par la nature, leur permettant d'atteindre aisément les riches pays du Nord : Picardie, Artois, Flandre, Angleterre, Hollande, Allemagne, Scandinavie ; et d'y écouler les vins, les eaux-de-vie qu'un ciel inclément refuse à ces contrées, et le sel dont les pêcheurs du Nord faisaient une si grande consommation.

Si les produits de l'Aunis ont fait naître le commerce, ce commerce, à son tour, a donné naissance à La Rochelle. En effet, lorsqu'une région exporte, il lui faut un centre pour faciliter ses opérations commerciales. La place de La Rochelle était bien marquée d'avance au fond de cette baie profonde, protégée des vents du large, qui s'ouvre au milieu du petit monde formé par l'Aunis et les îles de Ré et d'Oléron.

Créée par le négoce des produits de l'Aunis, La Rochelle, depuis ses origines jusqu'à la crise provoquée par le phylloxéra, vit sa bourgeoisie pratiquer, sans discontinuer, ce négoce né de la nature même des choses. Il constituait par conséquent le commerce normal de La Rochelle, par opposition à une autre forme de commerce qui se développa à une certaine époque et dont nous parlerons plus loin.

Le commerce normal de La Rochelle a traversé deux phases principales qui peuvent être caractérisées de la façon suivante :

1° Jusqu'au dix-septième siècle, le négoce des produits de

vages du phylloxéra et qui ne seront probablement que temporaires, car déjà la vigne reconquiert ses anciens domaines, elles sont en tout cas trop récentes pour avoir détruit les empreintes données à la race par l'exploitation séculaire de la vigne et des marais salants. Or, c'est justement du passé que nous allons nous occuper dans la présente étude.

l'Aunis et des îles consiste dans l'exportation des vins et du sel.

2° Après le dix-septième siècle, l'exportation des vins et du sel est de plus en plus remplacée par celle des eaux-de-vie.

Et à chacune de ces phases correspond un type spécial de bourgeoisie, ainsi que nous allons le constater.

II. — LE COMMERCE DES VINS ET DU SEL.

Pendant tout le moyen âge et jusque vers le milieu du dix-huitième siècle, c'est dans les pays du Nord que La Rochelle écoule les vins et le sel de l'Aunis.

Les Flamands, qui, de bonne heure, s'étaient enrichis par leurs industries des draps, des toiles, des lainages, furent les premiers à venir chercher à La Rochelle les vins et le sel qu'ils utilisaient pour la conservation des harengs dont ils pratiquaient la pêche en grand. Les Rochelais entrèrent ensuite en relation avec les Français du Nord et surtout avec les Anglais, les Néerlandais et les Hanséates.

Ce commerce avec les pays du Nord présentait un certain nombre de caractères que nous allons décrire et qui, du même coup, nous permettront de reconstituer la physionomie de la Bourgeoisie rochelaise du moyen âge.

1° *Le commerce rochelais est stable et crée une bourgeoisie stable.*

Le commerce, si instable de sa nature, se trouvait être, ici, au contraire, très stable, et pour trois raisons :

1° Il a pour objet les produits du sol. — Par cela même, il se ressent de la régularité qui préside à la production agricole. Régularité sans doute relative, puisqu'elle est souvent troublée par les intempéries des saisons, mais très grande si on la compare au commerce des produits fabriqués qui est soumis à toutes les variations de l'invention humaine.

2° Les produits du sol qui forment l'objet de ce commerce sont récoltés dans l'Aunis et les îles de Ré et d'Oléron, c'est-à-dire dans la région au centre de laquelle se trouve La Rochelle. Il ne s'agit donc pas, comme pour d'autres villes de l'époque, telles que Amalfi, Pise, Gênes, Venise, d'aller chercher au loin toutes les marchandises qui font l'objet du trafic. Les Vénitiens, par exemple, doivent tirer de l'Espagne, de la France, de l'Angleterre, des Flandres et de l'Allemagne, les marchandises qu'ils vont échanger en Orient : ils font le transit entre l'Orient et l'Occident, grâce à leur situation intermédiaire. Mais que la découverte du Cap de Bonne-Espérance vienne à ouvrir une autre route, et cette grande cité sera ruinée. Au contraire, La Rochelle est comme à la source de son propre négoce.

3° Enfin les débouchés sont assurés. — Même les longues guerres du moyen âge ne les fermèrent pas : « elles interrompirent à peine les relations commerciales (1) ». Sans doute il arriva que les rois d'Angleterre et les comtes de Flandre, durant leurs nombreux démêlés avec les rois de France, interdirent, dans un moment de mauvaise humeur, l'entrée de leurs ports au trafic rochelais. Mais, bientôt, une impérieuse nécessité les faisait revenir sur cette première détermination : leurs États, en effet, ne produisaient pas ces vins et ce sel dont leurs sujets faisaient un si grand usage. A la rigueur, Bordeaux, anglaise pendant trois cents ans, aurait suffi à fournir de vins les pays du Nord ; il n'en pouvait être de même pour le sel. L'on eût pu, il est vrai, en aller chercher en Bretagne, pays longtemps indépendant, souvent même ennemi du roi de France ; mais les sels de cette région n'avaient pas, paraît-il, les qualités et la bonne renommée de ceux de l'Aunis et des îles de Ré et d'Oléron. Aussi voyons-nous les rois d'Angleterre, principalement pendant la guerre de Cent Ans, adresser aux Rochelais « des lettres patentes par lesquelles on les invitait à apporter leurs marchandises en Angleterre ; on leur promettait pleine sécurité et, pour la leur mieux garantir, on leur faisait connaître les droits qu'ils auraient à payer (2) ». Le Bourgeois rochelais était donc toujours certain de pouvoir écouler, tôt ou tard et à bon prix, les vins de ses vignobles et les sels de ses marais.

(1) Delayant, *Histoire de La Rochelle*.
(2) *Ibid.*

L'extraordinaire régularité du négoce suffirait à expliquer le trait essentiel et caractéristique de la bourgeoisie rochelaise du moyen âge : la stabilité. Mais cette stabilité était encore renforcée par le caractère à demi rural des Bourgeois rochelais. Vendant à une clientèle stable et qui apprécie les qualités des vins de l'Aunis, nos bourgeois ont tout intérêt à en surveiller la production afin que ces qualités ne viennent pas à se perdre. De plus, ils sont riches. Aussi sont-ils, le plus souvent, à la fois négociants et propriétaires ruraux ; ils possèdent des vignobles et des marais salants en Aunis ainsi qu'à l'île de Ré (1).

Grâce à cette stabilité, les familles parvenues à l'aisance ou à la richesse étaient moins menacées par les fluctuations commerciales et se maintenaient, pendant plusieurs générations, à un même niveau social : il se créait ainsi une bourgeoisie tradition- nelle ayant des loisirs et susceptible de s'affiner et de devenir lettrée. Dès lors, on comprend pourquoi, au treizième siècle, La Rochelle coopère à la création de l'Université de Poitiers ; pourquoi, au quatorzième siècle, elle possède de nombreuses écoles laïques ; pourquoi enfin elle a, de bonne heure, « des calligraphes et des ouvriers habiles dans la reliure des livres (2) ».

2° *Le Commerce rochelais se fait avec l'étranger ; aussi la Bourgeoisie est-elle indépendante du roi de France.*

On a vu quelle était au moyen âge la situation géographique de l'Aunis et comment cette région formait, bien plus que maintenant, avec les îles de Ré et d'Oléron, un petit monde à part, séparé de la France et rejeté vers la mer.

La porte de sortie de l'Aunis s'ouvrait d'autant plus du côté de la mer qu'à cette époque les transports par terre étant longs, pénibles, dispendieux, la voie de mer offrait des avantages encore plus appréciables que de nos jours.

Aussi, on l'a déjà dit, c'est avec les Flandres, l'Angleterre, la Néerlande et les Villes Hanséatiques que La Rochelle, depuis ses origines et pendant le moyen âge, fait presque tout son com-

(1) Delayant, *Histoire de La Rochelle.*
(2) *Ibid.*

merce. Par Niort, elle envoie bien des sels en France, mais c'est dans les pays du Nord, que ses bourgeois écoulent presque entièrement les produits de leurs vignobles et de leurs marais salants. Ils vivent donc d'un commerce fait avec l'étranger.

Sans doute, ils tirent du Bas-Poitou des blés et des bois, mais les Flandres et les pays du Nord peuvent aussi leur en fournir. Ils ne sont donc pas tributaires du royaume de France.

Ainsi le commerce avec l'étranger, conséquence de la situation géographique, venait s'ajouter à celle-ci pour séparer l'Aunis et La Rochelle du royaume de France.

Par suite, on s'explique comment la commune rochelaise fut une sorte de république et put si longtemps maintenir ses chartes et ses libertés contre les empiétements des Capétiens. On comprend également que les Rochelais soient passés en 1152, « sans beaucoup s'en apercevoir (1) », sous la domination des Anglais, leurs clients.

Cependant, redevenus Français, nos Bourgeois firent, à l'époque du traité de Brétigny, en 1360, de sérieux efforts pour ne point passer, une seconde fois, sous la souveraineté des rois d'Angleterre. C'est qu'alors les Rochelais ne s'occupaient pas exclusivement, comme en 1152, de leur négoce de vins et de sels. Ils y avaient ajouté un trafic d'une certaine importance avec les provinces du Royaume de France. La Bretagne, étant presque toujours en révolte, et la Guyenne étant anglaise (1152-1452), La Rochelle se trouvait être, sur l'Océan, le seul port du Roi de France. Elle recevait, en conséquence, de l'Angoumois, du Poitou, de la Touraine, de la Normandie et de l'Ile-de-France des draps, des toiles et des étoffes que les Castillans et les Génois venaient, de temps à autre, échanger chez elle contre des laines, des huiles ou contre des produits de l'Italie et de l'Orient. Dès lors, on comprend la répugnance des Rochelais à passer, en 1360, sous le sceptre anglais : cela ne leur était point nécessaire pour continuer leur négoce avec les Anglais; d'autre part, ils craignaient que ceux-ci ne leur interdisent de servir d'intermé-

(1) Delayant, *Histoire de La Rochelle*.

diaires pour écouler les marchandises du Royaume de France.

Il y a donc eu, pendant une partie du moyen âge, un certain lien entre le Royaume et La Rochelle. Mais ce lien, à la vérité mince et fort lâche, devait disparaître en même temps que le commerce par lequel il avait été formé. Or, la chute de ce commerce était un fait accompli au début du seizième siècle : la Bretagne soumise et la Guyenne redevenue française, depuis 1452, mettaient, en effet, à la disposition du Royaume, deux ports mieux situés que La Rochelle : Nantes et Bordeaux. Désormais, les moyens d'existence des Bourgeois rochelais dépendront, plus que jamais, du trafic des produits naturels de l'Aunis, trafic qui se fait avec l'étranger. N'ayant pas de grandes relations commerciales avec le royaume de France, l'Aunis ne lui est plus attaché que par le sentiment national, qui était alors fort peu profond. Pour l'entretenir chez cette population où il n'était pas fortifié par les intérêts, les Rois, de tout temps, avaient compris qu'il convenait de laisser une grande indépendance aux gens d'Aunis; qu'il fallait surtout ne point les entraver dans leurs affaires avec l'étranger et même aller, parfois, comme l'avait fait Louis XI, jusqu'à les laisser trafiquer, en pleine guerre, avec les ennemis du Royaume. Leur fidélité était à ce prix. Cependant, au moment où, plus que jamais, il n'eût pas fallu se départir de cette politique, François Ier troubla leur négoce en soumettant les sels de l'Aunis à de lourds impôts et viola leurs privilèges municipaux.

Ces empiétements créèrent un sérieux état de mécontentement; ils prédisposèrent les Rochelais, déjà travaillés par des prosélytes étrangers, à se jeter dans le protestantisme qu'adoptaient, au même moment, leurs clients Anglais et Hollandais. Pendant plus d'un demi-siècle, La Rochelle sera l'un des boulevards des huguenots français qui, souvent, viendront se retrancher dans l'Aunis, sorte de forteresse naturelle. De plus en plus, commerce et religion, tout séparera l'Aunis et La Rochelle du reste de la France. Aussi, lorsqu'en 1621, l'on créa des bureaux de douane en laissant aux provinces la liberté de les établir, soit du côté des frontières, soit du côté du Royaume, La Rochelle n'hésita pas à les faire placer aux limites des provinces voisines :

« afin de conserver la liberté du commerce avec l'étranger » (1).

La nécessité impérieuse de pouvoir commercer librement avec l'étranger paraît donc avoir porté les Rochelais à embrasser le protestantisme, et à se faire les champions des libertés locales.

3° *Le Commerce rochelais fournit des moyens réguliers d'existence; aussi la Bourgeoisie, déjà peu douée d'initiative par sa formation historique, n'est-elle pas portée aux aventures.*

Le Bourgeois rochelais du moyen âge ne se distingue guère par l'initiative. Son négoce de sels et de vins suffit, le plus souvent, à son ambition. Ce ne sont même pas toujours ses navires qui portent à l'étranger les produits de l'Aunis; fréquemment Anglais et Flamands viennent eux-mêmes les chercher.

Il répugnait, généralement, aux affaires un peu risquées. Aussi Auffredy qui, dit-on, envoyait ses nefs jusque dans le Levant, nous paraît être une véritable exception. En tout cas, lorsque les Rochelais participaient à une entreprise lointaine, c'était plutôt par leurs capitaux que par leur personne. C'est ainsi qu'au seizième siècle ils prêtaient de l'argent aux Normands, aux Basques, aux Bretons, qui pratiquaient la pêche au banc de Terre-Neuve. De même, au début du dix-septième siècle, s'ils ne s'établissaient point comme colons au Canada, du moins les Compagnies qui faisaient dans ce pays le trafic des pelleteries comptaient des Rochelais parmi leurs associés. Sans doute, certains cadets étaient capitaines de navires et portaient les produits de l'Aunis dans les pays du Nord où souvent l'un de leurs frères faisait un séjour avant d'entrer dans le comptoir paternel : « tant pour apprendre le langage desdits pays que pour connaître les mœurs et conditions des habitants d'iceux » (2). Cependant, de bonne heure, dès le quatorzième siècle, cette jeunesse bourgeoise commença à subir l'attraction des professions administratives et libérales et « d'aucuns n'étaient plus mis et exercités au train de la marchandise, mais étaient imbus et endoctrinés aux lettres et aux universités » (3).

(1) P. Clément, *Histoire du régime protecteur.*
(2) Suivant une formule relevée dans une charte rochelaise.
(3) *Ibid.*

Ce manque d'initiative des Bourgeois rochelais était imputable à leur formation sociale antérieure. Soit que les gens d'Aunis descendent d'une horde d'Alains, arrivée en Gaule à l'époque des invasions, soit — ce qui est plus probable — que leurs ancêtres aient été des Poitevins, c'est-à-dire des Celtes, ils n'avaient pas été influencés, comme les Français du Nord, par les Scandinaves ou par les Francs. En outre, adonnés à un négoce exigeant peu d'initiative, leur formation communautaire était demeurée intacte. Aussi s'explique-t-on qu'ils n'aient point fourni, comme les Normands, de ces hardis cadets desquels sont sortis, au onzième siècle, les conquérants de la Sicile; en 1401, ce Jehan de Bethencourt qui, avec d'autres Normands, vint fréter des navires à La Rochelle pour aller découvrir les Canaries; au quinzième siècle, ces marins dieppois qui allaient à la côte de Guinée; aux seizième et dix-septième siècles, ces boucaniers et flibustiers, premiers colons de Saint-Domingue; enfin au dix-septième siècle, ces paysans percherons, solide assise du Canada.

Répugnant aux entreprises lointaines, très différents en cela des Normands, notamment des négociants Dieppois, les Bourgeois rochelais ne ressemblaient pas non plus aux Malouins à l'esprit guerrier et batailleur. Ils n'étaient point, comme eux, portés vers les aventures de mer et la piraterie. C'est qu'en effet la Rochelle, au lieu d'être située, comme Saint-Malo, au milieu de landes arides, voyait s'étendre autour de ses murailles des vignobles et des marais salants. Aussi ses Bourgeois, assurés par le négoce des vins et des sels de moyens d'existence réguliers, n'étaient pas incités, comme les Malouins, à en chercher... d'irréguliers. Remarquons également que Jean Guiton, le marin le plus célèbre qu'ait produit La Rochelle, s'est illustré, non pas comme un Normand, en découvrant des terres nouvelles, ou, comme un Malouin, en enlevant des convois à l'ennemi, mais en défendant derrière des murailles l'indépendance de sa ville; en cela, il caractérise bien, d'une façon éminente, cette libre Bourgeoisie de marchands.

Nous pourrions aussi montrer, par maints exemples (1), que

(1) Voir Delayant, *Histoire de la Rochelle*, passim.

les Rochelais, peu guerriers de leur nature, parce qu'ils étaient marchands, se débarrassaient de leurs ennemis soit par ruse, soit en leur payant rançon, soit encore en les faisant écraser par des mercenaires à leur solde. Ils usèrent, plus d'une fois, de ce dernier moyen, tout particulièrement contre leurs rivaux commerciaux. Au moyen âge, ils soudoyaient les Castillans qui fréquentaient leur port pour les faire courir sus aux navires bordelais; plus tard, ils eurent l'art de convaincre les gentilshommes protestants, accourus dans leurs murs, d'aller attaquer le port de Brouage, en Saintonge, occupé par les forces catholiques, mais qui surtout commençait à leur faire une concurrence inquiétante.

Tels sont les traits essentiels de la Bourgeoisie rochelaise du moyen âge, adonnée au commerce des produits naturels de l'Aunis. On peut les formuler ainsi : C'est une Bourgeoisie à demi rurale, stable, affinée, lettrée, indépendante, mais douée de peu d'initiative, répugnant aux entreprises lointaines et aux aventures de mer.

Voyons maintenant les modifications apportées, dans la suite, à ce type, par divers événements, et, en premier lieu, par la transformation du négoce des sels et des vins en commerce des eaux-de-vie.

III. — LE COMMERCE DES EAUX-DE-VIE.

C'est au dix-septième siècle, surtout après le siège de 1628, que les Rochelais commencèrent à pratiquer le commerce des eaux-de-vie.

Depuis lors jusqu'à nos jours, ils substituèrent, de plus en plus, ce nouveau négoce à leur ancien négoce de sels et de vins.

A l'époque où l'alambic venait d'entrer dans la pratique, l'apparition d'un semblable commerce ayant encore pour objet un produit de la vigne, n'avait en soi rien d'anormal. Ce n'était, à vrai dire, qu'une nouvelle phase du négoce des produits naturels de l'Aunis.

Cependant, quelle raison a donc pu décider, alors, les Rochelais à délaisser leur commerce de sels et à transformer les vins en eaux-de-vie?

Ce fut, à n'en pas douter, la lourdeur des impôts. Placés sous le joug de la centralisation royale et privés de leurs libertés, les Bourgeois rochelais n'avaient plus qu'à obéir au bon plaisir des rois. Ceux-ci, pour faire vivre une noblesse ruinée par l'abandon de ses terres et toujours plus avide, pour actionner la lourde machine administrative, augmentaient les impôts et créaient des charges vénales.

C'est ainsi qu'en Aunis, les impôts étant devenus trop lourds et plus élevés qu'en Bretagne, les étrangers allaient chercher du sel de préférence dans cette province, ou encore en Espagne et en Portugal. Aussi pouvait-on écrire, au milieu du dix septième siècle : « Les cargaisons étant moins fréquentes, le propriétaire surchargé de sa denrée a moins soigné ses marais salants et il en a même abandonné une partie aux eaux croupissantes et aux roseaux. Depuis un siècle nos marais ont diminué d'un tiers (1) ».

Quant aux vignobles, outre une multitude de « devoirs seigneuriaux », variables suivant les paroisses, outre la taille, leurs propriétaires avaient encore à payer d'autres « droits » à de véritables parasites détenteurs de charges vénales, courtiers-jaugeurs et inspecteurs aux boissons. Si bien qu'au dire d'un témoin digne de foi, le P. Arcère, les divers impôts payés par le propriétaire de vignobles atteignaient 48 % de la valeur du produit.

Le négociant n'était pas moins entravé que le propriétaire par la lourdeur de l'impôt. Le droit perçu à la sortie sur les vins expédiés à l'étranger est devenu exorbitant : de 3 livres par tonneau qu'il était en 1664, il avait passé à 15 livres, puis successivement à 35 livres (2), et même à 44 livres en 1786. Or, « le prix courant d'un tonneau de vin roulant entre 40 et 50 livres, tout dès lors est absorbé (3) ».

Aussi les propriétaires, « fondant moins leur espoir sur la bonté

(1) Le P. Arcère, *Lettre au Contrôleur général des Finances*.
(2) *Ibid.*
(3) *Mémoire de La Société d'Agriculture de la Rochelle* (1767).

du vin que sur l'abondance, ont recherché des plants uniquement fertiles ». Mais ces plants « ont détérioré le fruit en augmentant la vendange (1) ».

Les vins d'Aunis ayant perdu leur qualité mais étant abondants, les propriétaires furent amenés à tirer profit de cette abondance, en transformant leurs vins en eaux-de-vie. Ils y furent d'autant plus portés que les droits à la sortie pour les eaux-de-vie n'étaient que de 6 livres 16 sols 6 deniers; qu'enfin, en brûlant leurs vins, ils obtenaient, sous un plus faible poids, — ce qui diminuait les frais de transport, — un produit d'une valeur supérieure, plus capable par conséquent de supporter la charge des impôts.

Mais le commerce des eaux-de-vie était loin, pour deux raisons, de présenter les avantages de l'ancien négoce des sels et des vins.

1° *De stables qu'ils étaient les anciens débouchés du Nord sont devenus très instables.*

Si les vins de l'Aunis ne trouvaient autrefois dans les pays du Nord aucune concurrence, il n'en est pas de même pour les eaux-de-vie. L'Angleterre, les Flandres, la Hollande, l'Allemagne et la Scandinavie commencent à produire des alcools de grains; elles reçoivent aussi des eaux-de-vie d'Espagne et de Portugal; enfin et surtout, les Antilles anglaises leur envoient de grandes quantités de rhums et de tafias.

En second lieu, à partir de la deuxième moitié du dix-septième siècle, ces débouchés sont encore rendus plus instables par des guerres continuelles entre la France et l'Angleterre; et le temps n'est plus où l'Aunis, quasi indépendant, continuait son négoce avec les ennemis du Roi de France. Ces longues guerres arrêtent le trafic des Rochelais non seulement avec l'Angleterre mais aussi avec les autres pays du Nord, car les croisières anglaises barrent la Manche.

En troisième lieu, pendant les courtes périodes de paix, l'Angleterre, qui peut se passer des eaux-de-vie françaises (2), engage,

(1) Le P. Arcère, *Lettre au contrôleur général des Finances.*
(2) Et même des vins français, car, depuis le traité de Lord Méthuen (1703), elle s'est annexé commercialement le Portugal.

pour répondre à la politique douanière inaugurée par Colbert, une lutte de tarifs qui ne prit fin qu'au traité de commerce de 1786. C'est ainsi qu'elle établit des taxes écrasantes sur nos eaux-de-vie et qu'elle alla même, en 1736, jusqu'à en prohiber l'entrée.

Enfin, dans la seconde moitié du dix-huitième siècle, les provinces françaises du Nord, avec lesquelles les communications étaient si souvent interrompues par les guerres, furent en partie fermées, elles aussi, aux eaux-de-vie de l'Aunis : la Ferme générale s'était fait octroyer le droit exclusif de fournir d'eaux-de-vie le Hainaut et la Flandre.

2° *Les nouveaux débouchés sont moins instables, mais exigent surtout le bon marché.*

Si les anciens débouchés sont devenus très instables, par compensation, d'autres débouchés, que n'avaient pas autrefois les vins, s'ouvrent aux eaux-de-vie.

Par suite de causes que nous expliquons plus loin, les Rochelais qui font montre, à partir du milieu du dix-septième siècle, d'aptitudes commerciales inconnues de leurs ancêtres, entretenaient alors un commerce considérable avec les colonies.

Sans doute, Saint-Domingue, la Martinique, la Guadeloupe, les îles Bourbon et de France, produisant de grandes quantités de rhums et de tafias, ne demandaient que fort peu d'eaux-de-vie. Mais il n'en était pas de même du Canada, où les Rochelais pouvaient expédier d'importantes cargaisons de ce produit. L'eau-de-vie trouvait également un large débouché à la côte de Guinée, car elle servait à payer les frais de la traite des nègres. Ce débouché devint encore plus précieux lorsque, après la perte du Canada, il se trouva être le seul vraiment ouvert à l'écoulement des eaux-de-vie.

Bien que les Rochelais eussent fréquemment à se plaindre de la concurrence que les tafias des Antilles venaient faire à leurs eaux-de-vie au Canada, ce pays, ainsi que la côte de Guinée, étaient des débouchés beaucoup moins instables et plus largement ouverts que les pays du Nord.

Mais, par contre, au Canada, les Indiens et les *coureurs des bois* ne se préoccupaient guère de la finesse, de la qualité des eaux-de-vie, et ce qu'on exigeait avant tout, c'était le bon marché. La bonne qualité de l' « eau-de-feu » était encore moins nécessaire pour la traite à la côte de Guinée, et là encore ce qu'il fallait, c'était le bon marché.

Or les Rochelais délaissent, de plus en plus, à cette époque, le négoce avec les pays du Nord pour s'adonner au grand commerce colonial. Ils sont donc amenés, pour livrer des eaux-de-vie à très bas prix, à les fabriquer de qualité inférieure.

L'exportation de l'eau-de-vie modifia peu à peu le type du commerce rochelais. Cette modification porta particulièrement sur deux points.

1° *Le Rochelais s'adonne de plus en plus au commerce des produits bon marché.*

Ce caractère est rendu manifeste par ce fait qu'il n'y a pas alors à La Rochelle de négociants occupés exclusivement du commerce des eaux-de-vie, cherchant à se constituer une marque et une clientèle fidèle. C'est un commerce sans esprit de suite. Lorsqu'un armateur pensait qu'il était plus avantageux pour lui d'envoyer un de ses navires faire un chargement de nègres à la côte de Guinée, ou au contraire de le diriger directement sur les Iles d'Amérique, il achetait ou il n'achetait point d'eaux-de-vie. De même pour ses transactions avec les pays du Nord : prévoyait-il l'issue ou la déclaration d'une des nombreuses guerres qui emplissent le dix-huitième siècle, il s'empressait ou de se pourvoir d'eaux-de-vie ou de s'en débarrasser. Comme il pouvait armer ses navires pour telle ou telle navigation, les charger ou ne pas les charger d'eaux-de-vie, selon l'intérêt du moment, il était difficile aux vendeurs de lui faire la loi dans les années de mauvaises récoltes. Bref, c'était presque toujours lui, en définitive, qui restait maître du marché.

Aussi, sachant que les négociants rochelais recherchent avant tout le bon marché et qu'ils ont les moyens de l'obtenir, est-il permis de penser qu'il n'y avait pas trop d'exagération dans les accusations qu'un agriculteur portait en 1769 contre certaines de leurs opérations. « Maîtres de presque tout l'argent qu'on emploie à ce commerce, disait-il, les négociants s'en servent et s'entendent ensemble pour acheter nos eaux-de-vie à vil prix... A la fin de décembre, aux fêtes de Noël, alors que les fermiers et autres habitants de l'Aunis sont pressés de vendre pour payer le prix de leurs fermes ou les impositions royales, les mêmes négociants font tomber le prix des eaux-de-vie sous le prétexte qu'on ne leur a pas encore fait de remise d'argent; des millionnaires qui n'ont pas d'argent! »

S'il est un fait qui donne un certain poids à ces accusations, c'est assurément l'attitude des gens des campagnes, qui, en 1789, refusèrent, au grand dépit des négociants, de choisir parmi ceux-ci les députés du Tiers.

2° *Le Rochelais a perdu le caractère à demi rural de ses ancêtres.*

On a pu déjà s'en douter en voyant comment était pratiqué le commerce des eaux-de-vie. Peu préoccupé de la qualité du produit, mais ayant à rechercher le bon marché, le Bourgeois rochelais du dix-septième et du dix-huitième siècle n'était plus porté à s'intéresser à la culture et avait perdu le caractère à demi rural de ses ancêtres. Cependant s'il se désintéresse de la culture, s'il ne cherche plus à la diriger, cela ne l'empêche pas d'avoir, très fréquemment, une propriété à la campagne. Il achète des terres, non pour s'en occuper, car il les afferme ou les confie à des « bordiers », sorte de métayers; ce n'est pas non plus qu'il espère en tirer de bons bénéfices, car la culture est alors fort peu rémunératrice; mais c'est parce que « d'avoir du bien au soleil » flatte son orgueil et surtout que sa propriété lui offre une résidence d'été.

Les « borderies » de nos négociants se trouvent généralement dans les gros villages situés à deux ou trois lieues au plus de La Rochelle, à Lagord, à Aytré, à Nieul, à Saint-Rogatien, à Grolleau, à Rompsay, etc. Alors, comme aujourd'hui encore, les habitations dans ces villages sont très proches les unes des autres et alignées des deux côtés d'une route; derrière chacune d'elles, s'étend un jardin ou un parc suivant la fortune du propriétaire. Quant aux vignobles, ils sont de-ci de-là tout autour

2

du village. C'est dans ces « borderies » que les Rochelais viennent passer un ou deux mois, chaque été, en août et septembre. Au témoignage des contemporains, on y voisine, on s'y réunit pour causer et rire « sous des tonnelles de branchages, sous de petits cabinets de verdure, sous des allées de lauriers ». Puis, le soir venu, « on soupe gaiement sous des treilles, à la fraîcheur d'une belle soirée ». On chante aussi et l'on danse, car « la campagne n'était alors qu'un rendez-vous de plaisir ».

Mais à l'automne, tout le monde s'empressait de regagner la ville, où la saison mondaine allait s'ouvrir; dames et jeunes filles avaient à se préparer aux bals, aux soirées, aux soupers. Quant aux hommes, ils étaient rappelés au comptoir pour les affaires : les mois d'octobre et de novembre étaient en effet l'une des époques d'armements pour les Iles d'Amérique. Les séjours à la campagne ne duraient donc jamais bien longtemps, et c'était à peine si, de loin en loin, le négociant rochelais venait, avant l'été suivant, à sa « borderie », pour voir si la maison n'avait point souffert pendant l'hiver et pour régler les comptes avec son bordier.

Aussi, en Aunis, à part les « bordiers », les gens de la campagne, petits propriétaires, fermiers et « journaliers » abandonnés à eux-mêmes, à la merci des fluctuations continuelles du négoce des eaux-de-vie, écrasés d'impôts, étaient-ils, surtout les « journaliers », dans une situation lamentable. C'est à un homme d'ancien régime, à un Oratorien, le P. Arcère, que nous laissons la parole : « Il faut, écrivait-il, que le journalier se prive du nécessaire, qu'il ne vive qu'à demi, que son misérable vêtement ne soit guère que l'équivalent de la nudité. Pour défendre son existence contre le malheur qui l'assiège, il est souvent forcé de recourir à des rapines furtives, d'emprunter et d'être insolvable. Si le collecteur se présente, nouvel accablement pour lui. Il n'a même pas la consolation d'inspirer de la pitié. Telle est la cause de la dépopulation de l'Aunis. De là une désertion trop commune de la part des uns (1); la mort prématurée des autres; le peu

---

(1) Ce n'est pas vers les colonies que se dirigent ces pauvres émigrants, mais, comme le dit ailleurs le P. Arcère, « des essaims vont se fondre dans les villes ».

de fécondité des mères; l'indifférence du mari pour les droits de l'hymen; des enfants mal conformés dont la constitution débile soutient mal les fatigues des travaux champêtres. Aussi l'espèce humaine dépérit dans nos campagnes et s'engloutit sourdement comme dans un abîme... Dans nos hameaux, dans nos villages, sans s'éloigner trop de la capitale (La Rochelle) qu'y voit-on? Des maisons logeables et non loués, des maisons qui menacent ruine, des débris et des monceaux (1). »

Cependant, tandis que la campagne était dans cet état de misère, tandis que le négoce des eaux-de-vie périclitait, La Rochelle, au contraire, s'enrichissait. C'est que sa bourgeoisie ne pratiquait pas uniquement le commerce des eaux-de-vie.

Surtout et avant tout, elle s'adonnait à un commerce d'une tout autre importance où elle déployait de remarquables aptitudes inconnues de ses ancêtres.

Jusqu'à présent, de cette bourgeoisie des dix-septième et dix-huitième siècles nous savons seulement qu'elle a perdu le caractère à demi rural des Bourgeois rochelais du moyen âge et qu'elle est devenue exclusivement commerçante.

C'est à reconstituer son entière physionomie que nous allons maintenant nous appliquer et, pour cela, commençons par observer le nouveau et si prospère commerce auquel elle se livre.

(1) Lettre adressée en 1764 par le P. Arcère, au nom de la Société royale d'agriculture de La Rochelle, au Contrôleur général des Finances.

II

L'ÉVOLUTION DU COMMERCE
SOUS L'INFLUENCE DU RÉGIME DOUANIER
ET DU PROTESTANTISME

Nous avons expliqué comment le commerce rochelais était fondé normalement sur le trafic des trois produits naturels de l'Aunis, le sel, le vin et les eaux-de-vie et nous avons vu les conséquences sociales qui résultaient de cet état de choses.

Mais à une certaine époque, le commerce de La Rochelle prit subitement une extension considérable et hors de proportion avec les conditions naturelles précédemment décrites.

Ce développement, que l'on peut appeler anormal, puisqu'il ne résultait pas directement des conditions naturelles, était dû à deux circonstances fortuites et artificielles, que nous allons exposer.

I

Après les ruines accumulées par le siège de 1628, on eût pu croire que c'en était fini, tout au moins pour bien des années, de la prospérité commerciale des Rochelais. Cependant, ils ne tardent pas à se relever et, tandis que l'on avance dans le dix-septième et le dix-huitième siècle, l'on voit leur richesse atteindre bientôt un degré inconnu de la bourgeoisie du moyen âge et ne cesser ensuite de s'accroître.

Ce n'est pas — on le sait — à leur négoce d'eaux-de-vie qu'ils sont redevables de cette remarquable prospérité. Ce commerce décline. Il leur fournit bien, sans doute, une partie des cargaisons qu'ils envoient au Canada ou à la côte de Guinée. Mais, pour compléter ces cargaisons, et surtout pour composer celle des navires qu'ils arment soit pour l'Espagne et le Portugal soit, en bien plus grand nombre, pour Saint-Domingue, la Martinique, la Guadeloupe, la Louisiane, les îles de France et de Bourbon, ils ne peuvent plus utiliser les produits de l'Aunis : les pays du premier groupe, Espagne et Portugal, ont des sels et des eaux-de-vie ; ceux du second, des sels, des rhums et des tafias.

Le nouveau négoce qui enrichit les Rochelais n'a pas sa source en Aunis : c'est un commerce de transit. Nos Bourgeois tirent du Poitou, de la Touraine, de l'Orléanais, de l'Ile-de-France et des autres provinces du Nord, des produits manufacturés que leurs navires vont écouler en Espagne, en Portugal, aux îles Bourbon et de France, à la Louisiane, à la Martinique, à la Guadeloupe, mais surtout au Canada et plus encore à Saint-Domingue. En retour, les Rochelais reçoivent du Canada, des cuirs et pelleteries qui sont ensuite expédiés à Paris, dans les Flandres, en Allemagne ; ils importent des Antilles, de la Louisiane, des îles Bourbon et de France, des sucres que l'on raffine à La Rochelle, des cafés, du cacao, de la vanille, du coton, des matières tinctoriales (1), que l'on envoie à Poitiers, à Orléans, à Caen, à Rouen, à Paris, à Troyes, à Amiens, etc. ; enfin d'Espagne et de Portugal, les Rochelais tirent des huiles, des olives, des fruits, qu'ils vendent dans le Poitou, la Touraine, et dans les autres provinces du Nord.

C'est vers le milieu du dix-septième siècle qu'est né ce commerce de transit. D'abord rapides, ses progrès sont, ensuite, pour longtemps, entravés par les guerres de la fin du règne de Louis XIV. Mais voici la Régence et la longue période de paix que le gouvernement du cardinal Fleury donne à la France : le nouveau négoce prend alors un vif essor. Dès 1718, La Rochelle arme 52 navires pour l'Amérique ; en 1727, elle possède 25 raffineries de sucre en pleine activité. Dans les années sui-

(1) Indigo, rocou, cochenille.

vantes, sa prospérité s'accroît encore : en 1747, le mouvement
de ses importations et exportations est évalué à 47 millions de
livres, ce qui représenterait de nos jours une valeur de plus de
100 millions de francs. Enfin, en 1751, les navires rochelais qui
font la navigation d'Amérique sont au nombre de 118. La perte de
la Louisiane et du Canada (1763) fut un rude coup pour les Rochelais. Ils surent néanmoins en parer les effets, en développant
leurs relations avec Saint-Domingue, en s'ouvrant de nouveaux
débouchés, aux îles de France et de Bourbon, dans l'Inde, en
Chine, de telle sorte qu'en 1789 leur commerce de transit était
encore des plus florissants.

Toutes proportions gardées, ce commerce de transit rappelle
le commerce également de transit que les Bourgeois rochelais
pratiquèrent — on ne l'a pas oublié — pendant une certaine
période du moyen âge. Mais, tandis qu'autrefois ce commerce,
fait sur une toute petite échelle et avec des pays peu éloignés,
n'était qu'accessoire du négoce des sels et des vins, au contraire,
aux dix-septième et dix-huitième siècles, le commerce de transit,
pratiqué en grand et avec les pays d'outre-mer, éclipse et rejette
dans l'ombre le négoce des eaux-de-vie. Enfin, au moyen âge, le
petit commerce de transit des Rochelais s'expliquait aisément :
Nantes étant quasi indépendante et Bordeaux occupé par les Anglais, La Rochelle était, sur l'Océan, le seul port du roi de France.
Il n'en est plus de même à l'époque qui nous occupe et, cependant,
La Rochelle n'a rien à envier à ses deux émules, Nantes et Bordeaux.
Pour ne citer qu'un exemple, en 1747, dans le convoi qui se
forme dans sa rade et qui compte 253 navires venus de Nantes,
de Bordeaux, de Marseille, de Saint-Malo et du Havre, 49 navires,
dont les deux plus grands de la flotte, appartiennent à des Rochelais, 52 sont bordelais et 50 nantais.

Néanmoins, à première vue, ce n'est pas sans un vif étonnement qu'on voit La Rochelle soutenir sans désavantage la concurrence de Nantes et de Bordeaux. On constate, en effet, qu'elle
a sur ces villes trois désavantages :

1º Elle n'a chez elle aucun des produits manufacturés demandés
par les colonies et que Nantes et Bordeaux trouvent en bon

nombre, soit à l'intérieur de leurs murs, soit dans leur voisinage.

2° La Rochelle n'a pas à sa disposition, comme Nantes et Bordeaux, de longs fleuves sur lesquels les transports sont peu coûteux. Au contraire, tout ce que La Rochelle reçoit des provinces du Nord ou leur envoie est, « à grand prix, voituré par des rouliers ».

3° Enfin, son port est presque impraticable. Plusieurs tentatives sont faites, durant le dix-huitième siècle, pour l'améliorer, mais demeurent infructueuses en raison des faibles moyens dont on disposait à cette époque. Aussi bien, tandis qu'à Nantes et Bordeaux les navires « chargent en entier dans la rivière sans être obligés d'avoir des équipages qu'on ne fait venir que quelques jours avant le départ » ; à La Rochelle au contraire « les armateurs ne peuvent charger les navires qu'un quart dans le port, après quoi ils les envoient en rade avec l'équipage complet qu'ils entretiennent quelquefois deux ou trois mois avant que le navire puisse partir ; ces longueurs proviennent des mortes-eaux et des mauvais temps qui empêchent les barques d'aller en rade porter les marchandises. » C'est également en rade que les navires, au retour des colonies, sont obligés de « faire partie de leur décharge avant d'entrer dans le port ». Par suite de ces circonstances, les armements sont un quart plus chers à La Rochelle qu'à Nantes et Bordeaux.

Malgré ces trois causes d'infériorité, et c'est là le fait sur lequel j'attire l'attention, La Rochelle partage, avec Nantes et Bordeaux, le grand commerce d'outre-mer et trafique autant, sinon plus, que Nantes avec les provinces riveraines de la Loire ; c'est ainsi, notamment, qu'Orléans se fournit de sucres, indifféremment, à La Rochelle ou à Nantes.

Parfois même, aux colonies, les Rochelais font reculer leurs concurrents. On écrivait en 1718 : « A Québec, où pendant plus d'un siècle on n'avait vu que des vaisseaux de Rouen, de Dieppe et du Havre, le commerce est presque tout entier aux mains des marchands de La Rochelle quoiqu'ils y aient envoyé les derniers. »

Nous sommes donc en face d'un fait en apparence inexplicable, d'une anomalie, qui se ramène à la question suivante : Quelle est la circonstance qui rétablit l'équilibre entre La Rochelle et ses deux rivales, Nantes et Bordeaux?

II

Cette circonstance, la voici : *La Rochelle est, sur l'Océan, le port de l'union douanière dite des Cinq Grosses Fermes.*

Mais cela a besoin d'explications.

A l'époque où Colbert arriva aux affaires, les provinces formaient, au point de vue douanier, comme autant de petits États. Elles s'entouraient d'une ceinture de douanes et, le plus souvent même, à l'intérieur de chacune d'elles, l'on rencontrait encore de nouvelles barrières. Colbert, frappé des inconvénients de ce régime désastreux pour le commerce, élabora, en 1664, un tarif uniforme qu'il se flattait de faire adopter par toutes les provinces et qui lui aurait permis de repousser, comme le devait faire plus tard la Révolution, les lignes de douanes aux frontières du Royaume, de rendre ainsi la circulation libre à l'intérieur. Mais il rencontra de telles résistances qu'il dut se contenter d'imposer son tarif à certaines provinces. C'est pourquoi, jusqu'en 1789, le territoire de la France était, au point de vue douanier, divisé en trois zones, ainsi que l'indique la carte ci-contre :

1° Les « Pays dits à l'Instar de l'Étranger ». Ils commerçaient librement avec l'étranger, mais leurs relations avec les autres provinces du Royaume étaient traitées sur le même pied que celles de l'étranger. C'étaient l'Alsace, la Lorraine, les Trois-Évêchés et les ports francs de Dunkerque, Lorient, Bayonne, Marseille.

2° Les provinces situées au Nord d'une ligne que l'on tirerait de La Rochelle au lac de Genève formaient, à l'exception de la Bretagne, de l'Artois, de la Flandre, de la Lorraine, de l'Alsace et de la Franche-Comté, une sorte d'union douanière sous le nom de « Province des Cinq Grosses Fermes ». Elles jouissaient, dit M. A. Noël, d'une liberté complète de communication, mais leurs relations avec les autres provinces du royaume étaient assujetties aux droits d'entrée et de sortie du tarif de 1664 ». Ce même tarif s'appliquait également aux marchandises allant à l'étranger ou en venant.

3° Enfin toutes les autres provinces, comme la Bretagne, la Saintonge avec les îles de Ré et d'Oléron, la Guyenne, etc., hostiles au tarif de 1664, étaient dites « Provinces Réputées Étrangères ». Elles continuèrent à percevoir, comme auparavant, à l'intérieur de leur territoire, des « droits locaux », très nombreux et souvent fort lourds ; en outre : « nulle d'entre elles ne pouvait communiquer avec les autres qu'à la condition de payer des droits imposés à l'entrée et à la sortie de chaque district, et leurs rapports avec les Cinq Grosses Fermes les obligeaient aux taxes d'entrée et de sortie du tarif de 1664 (1). »

Ainsi donc, la Bretagne et la Guyenne, Nantes et Bordeaux, ne faisaient point partie de l'union douanière des Cinq Grosses Fermes. On voit aisément les conséquences de ce fait.

Nantes et Bordeaux, grâce aux voies fluviales qu'elles ont à leur service, peuvent tirer, nous l'avons démontré, des provinces. voisines, les produits manufacturés à bien meilleur compte que La Rochelle ; mais, tandis qu'à La Rochelle tous ces produits arrivent francs de tout droit, au contraire, lorsqu'ils atteignent Nantes, ils sont grevés, d'abord du droit de sortie de l'union douanière, puis aussi des nombreux droits de péage qui, suivant l'expression de M. Boiteau, « semblables à des crocodiles, attendent les marchandises tout le long de la Loire depuis la frontière de l'Anjou jusqu'à Nantes ». Les produits manufacturés que l'on transporte à Bordeaux ont, eux aussi, à acquitter dans le Languedoc, en Gascogne ou en Guyenne, maints droits locaux.

Il en est de même pour les denrées coloniales, pour les sucres notamment, que Nantes et Bordeaux envoient dans les provinces. Ces deux villes pourraient vendre les produits d'outre-mer à plus bas prix que La Rochelle, car, nous le répétons, les armements sont moins coûteux dans leurs ports, et la Loire ou la Garonne leur offrent des transports économiques; mais, avant d'arriver à destination, ces denrées doivent acquitter, dès leur arrivée, comme à Nantes par exemple, un droit de Prévôté qui atteint 6 % de la valeur, ensuite nombre de droits locaux, enfin le droit d'entrée des Cinq Grosses Fermes. Au contraire, lorsque ces mêmes denrées passent par La Rochelle, elles y arrivent, évidemment, à moins bon compte puisqu'ici les armements sont plus dispendieux ; mais, lorsqu'elles ont payé le droit des Cinq Grosses Fermes, elles sont transportées dans la Touraine, dans l'Orléanais, etc., dans les riches provinces de l'union douanière, sans être astreintes à aucun autre droit, à aucun péage.

(1) O. Noël, loc. cit.

Voilà donc pourquoi Nantes et Bordeaux qui, au premier abord, semblent si privilégiés par leur situation, n'ont pas un mouvement d'affaires beaucoup plus considérable que La Rochelle ; voilà donc aussi pourquoi Nantes qui — on l'aurait pu croire — devrait rendre impossible aux Rochelais tout trafic avec la Touraine, l'Orléanais, l'Ile-de-France, etc., parvient péniblement à partager avec eux le commerce de ces riches provinces.

Mais le pouvoir royal ne s'est pas contenté de rétablir l'équilibre entre La Rochelle et ses rivales, il a, par le moyen de faveurs nombreuses, fait pencher le plateau de la balance au profit de cette ville, unique port de l'Union douanière sur l'Océan.

Ainsi Colbert établit à La Rochelle le siège principal de la Compagnie du Nord; ainsi, pendant plusieurs années, cette ville fut l'un des rares ports que ce ministre autorisa à pratiquer le commerce colonial, moyennant le paiement de certains droits aux Compagnies privilégiées. Toujours dans son désir de favoriser La Rochelle, Colbert songea même, un moment, en 1671, à lui réserver le commerce colonial à l'exclusion des Malouins et des Nantais (1). Dans la suite, La Rochelle fut désignée, comme port de débarquement, à la compagnie du Castor, qui venait d'obtenir le monopole du commerce des pelleteries du Canada. C'est encore à La Rochelle qu'était réservé le transit des drogueries qui, par la Garonne, venaient du Midi à destination des provinces du Nord.

La situation d'unique port de l'Union douanière sur l'Océan, qui valait à La Rochelle tous ces privilèges, lui assurait, en outre, sur les ports normands de l'Union, sur Rouen, Dieppe, le Havre, Honfleur, une incontestable suprématie, et parfois même un véritable monopole de fait. En effet, ces ports, déjà peu florissants en temps de paix, voyaient, en temps de guerre, leurs communications avec les colonies complètement coupées par les croisières anglaises qui, pendant les longues guerres du dix-huitième siècle, fermaient la Manche. Que l'on suppute la durée

(1) Lettre de Colbert au Sr Brunet, directeur de la compagnie des Indes (23 janvier 1671).

de ces guerres : guerre de la Succession d'Espagne (1701-1713), de la Succession d'Autriche (1741-1748), guerre de Sept Ans (1756-1763), guerre de l'Indépendance Américaine (1777-1783), et l'on constatera que, pendant plus de trente ans, La Rochelle, grâce à ses belle rades défendues par les îles de Ré et d'Oléron et par la flotte du port militaire de Rochefort, fut, de tous les ports de l'union douanière, le seul qui pût continuer le commerce d'outre-mer et alimenter de produits coloniaux la Touraine, l'Orléanais, la Normandie, l'Ile-de-France, etc. Bordeaux et Nantes restaient donc ses seules rivales.

Mais, en temps de guerre, La Rochelle avait encore, sur ces deux villes, un grand avantage. La sûreté de ses rades, la proximité d'un arsenal maritime, lui permettaient de former ses convois en toute sécurité; et ses navires, prêts à partir, attendaient pour mettre à la voile que les vaisseaux de guerre, lancés en éclaireurs, eussent déclaré la route sûre et qu'un vent favorable permît de se jeter, en quelques heures, en plein Océan. Les navires nantais et bordelais, au contraire, couraient des risques bien plus grands et devenaient, fréquemment, la proie des vaisseaux anglais, embusqués à l'embouchure de la Loire ou de la Gironde. Aussi, à leur retour d'Amérique, faisaient-ils généralement route avec les navires rochelais et venaient-ils attendre, à l'abri des îles de Ré et d'Oléron, que les parages de la Loire ou de la Gironde fussent devenus moins dangereux.

Mais pourquoi, dira-t-on, les capitaines nantais et bordelais ne profitaient-ils pas de leur séjour dans la rade de La Rochelle pour y débarquer leur cargaison? En écartant ainsi tout risque de perte, ils eussent, du même coup, évité aux marchandises destinées à l'union douanière tous les droits locaux que, débarquées à Nantes ou à Bordeaux, elles auraient à payer avant de pénétrer dans les provinces des Cinq Grosses Fermes. Bref, faire escale à La Rochelle, aussi bien en temps de paix qu'en temps de guerre, n'était-ce pas pour les Nantais, comme pour les Bordelais, un moyen de rompre l'équilibre rétabli entre eux et les Rochelais? Mais cette éventualité, ainsi que les suites désastreuses qu'elle pouvait avoir pour les Rochelais, n'avait pas échappé au pouvoir royal. Aussi, en 1717, lorsque le trafic colonial, jusque-là plus ou moins réservé à des Compagnies privilégiées, fut décidément ouvert au commerce libre, lorsque enfin la lutte allait devenir décisive entre Nantes, Bordeaux et La Rochelle, des précautions furent prises pour maintenir la balance entre ces trois ports. A cet effet, l'article II des célèbres Lettres Patentes d'avril 1717 déclarait que : « les armateurs seront dans l'obligation, sous peine de 10.000 livres d'amende, de faire revenir leurs vaisseaux directement dans le port de départ, hors le cas de relâche forcée, naufrage ou accident imprévu ». Ainsi il devenait impossible aux Nantais et aux Bordelais de tirer profit du bon marché de leurs armements en venant débarquer leurs importations coloniales à La Rochelle. Mais ils y avaient un tel intérêt, surtout en temps de guerre, que, malgré la forte pénalité encourue, plusieurs de leurs capitaines essayèrent, sous des prétextes fallacieux, de violer cet article des Lettres Patentes. Ces tentatives restèrent, d'ailleurs, toujours vaines devant les protestations indignées des armateurs rochelais qui comprenaient trop bien l'importance de cette disposition restrictive pour ne pas veiller à sa scrupuleuse application.

III

Nous savons, maintenant, comment La Rochelle pouvait contre-balancer de nombreuses causes d'infériorité et soutenir la lutte.

Cependant la possibilité de soutenir une lutte commerciale n'est pas toujours une raison suffisante pour que les familles y réussissent. La Science sociale signale une foule de races, établies sur des sols riches, qui se laissent distancer par des races moins favorisées par la nature.

Par suite d'une circonstance particulière, il se trouva que certaines familles rochelaises furent dans la nécessité de s'adonner au commerce de père en fils. Elles acquirent ainsi, dans ce genre de travail, de remarquables aptitudes, généralement étrangères à l'ancienne Bourgeoisie et même aux autres Rochelais de la même époque.

Ce fut un motif de religion qui obligea certaines familles rochelaises à se cantonner exclusivement dans le commerce (1).

Après la chute politique de La Rochelle, après que le parti huguenot eut été vaincu par Richelieu (1628), les Protestants rochelais, sans être, à vrai dire, persécutés, furent néanmoins tenus en suspicion.

« Aussi, après 1628, tout en étant tolérés par le Pouvoir royal, les Protestants trouvaient beaucoup de mauvais vouloir. » Bientôt ils furent même « chassés du présidial, exclus de la direction générale et de la milice bourgeoise. On les expulsa tour à tour de la maîtrise des arts et métiers, de l'épicerie, de la broderie, de la corporation des tailleurs, de l'imprimerie, de la librairie, de la médecine, de la chirurgie, etc... » A plus forte raison, les situations administratives leur furent-elles interdites.

En les excluant ainsi des situations administratives, du petit commerce, de la petite industrie, on les rejetait, on les bloquait, pour ainsi dire, dans le grand commerce. Et cela arrivait précisément au moment où l'entrée de la Rochelle dans l'union douanière des Cinq Grosses Fermes faisait du commerce un moyen d'arriver rapidement à la fortune et partant à la puissance.

Aussi les protestants furent-ils bientôt à la tête du commerce de La Rochelle. Aussi est-ce parmi eux que Colbert dut recruter les directeurs de la Compagnie du Nord et une partie des directeurs de la Compagnie des Indes occidentales. Enfin, au moment de la Révocation de l'édit de Nantes (1685), les Protestants étaient complètement maîtres du commerce de La Rochelle, déjà fort important à cette époque.

(1) La plupart des faits que nous allons maintenant mettre en œuvre sont tirés de documents inédits : livres de familles, récits de voyage, correspondances, inventaires commerciaux, dont nous devons la communication à l'obligeance de notre compatriote M. Ranson. Nous ferons aussi de fréquents emprunts aux riches archives de la Chambre de Commerce de La Rochelle classées et publiées par M. Garnault avec un soin et une conscience qu'on ne saurait trop louer.

Cette révocation produisit à La Rochelle, — comme ailleurs probablement, — deux conséquences qu'il importe de mettre en lumière.

1° D'abord elle opéra une sorte de sélection parmi les Protestants.

Les 4.000 huguenots rochelais qui se répandirent alors un peu partout, en Hollande, en Angleterre, en Allemagne, étaient surtout de petites gens (1). Ceux, au contraire, que retenaient d'importants intérêts, les riches armateurs, les grands raffineurs, demeurèrent, pour la plupart; ils n'abjurèrent que des lèvres et le pouvoir se contenta de ce simulacre.

Mais ces protestants « convertis » — comme on les nommait — n'avaient pas, pour cela, renoncé à la religion de leurs pères; l'un d'eux exprimait bien ce sentiment en s'adressant à ses enfants dans son testament daté de 1696 : « La violence du dragon « nous fit tomber en cette lâcheté, comme les autres, dont nous « demandons pardon à Dieu. Mais souvenez-vous que vous avez « pris alliance en la religion de Dieu et de vos pères par le bap- « tême que vous avez reçu; ne renoncez jamais à cette alliance; « au contraire, faites qu'elle soit perpétuée en vos familles de « génération en génération. »

2° La seconde conséquence de la Révocation de l'édit de Nantes fut de confiner encore plus étroitement qu'auparavant dans le grand commerce, l'élite qui s'était maintenue à La Rochelle.

Le présidial, la direction générale, la milice bourgeoise, la maîtrise des arts et métiers, la pharmacie, l'épicerie, l'imprimerie, la librairie, la médecine, la chirurgie, le barreau furent définitivement fermés aux nouveaux « convertis ». On destitua les protestants qui étaient notaires, officiers ministériels, membres des justices publiques et seigneuriales.

Désormais les Protestants rochelais seront, sans exception, enfermés dans le négoce, et le phénomène déjà provoqué par les rigueurs qui avaient précédé la Révocation de l'édit de Nantes va augmenter d'intensité.

(1) C'est ainsi que, d'après un rapport de l'intendant Bégon, un tiers des paysans de l'Aunis aurait passé à l'étranger.

Aussi un négociant protestant, M. Rasteau, qui aperçoit parfaitement la cause de succès des Rochelais, écrit-il en 1755 : « Telle est notre émulation qu'un succès dans une branche nous porte à de nouvelles entreprises, cela tient à ce que la plupart de nos commerçants, ne pouvant prétendre aux charges décoratives, s'occupent uniquement du commerce et élèvent leurs enfants dans leurs principes (1). »

C'est pourquoi encore, dès le premier coup d'œil que l'on jette sur les maisons de commerce rochelaises du dix-huitième siècle, l'on est frappé par un fait capital : une grande partie d'entre elles, les plus considérables, appartiennent à des négociants protestants.

D'ailleurs, plus l'on pénètre dans la vie rochelaise du dix-huitième siècle, plus l'on est surpris du grand nombre des Protestants que l'on y rencontre et que l'on aurait pu croire réduits à rien par la Révocation de l'Édit de Nantes : l'on en compte près de 4.000 en 1728, chiffre important si l'on songe que la ville n'a que 20.000 âmes. En 1740, le comte de Muy, contrôleur général des finances, pouvait écrire : « Je conçois parfaitement l'utilité de la construction d'une paroisse décorée d'un chapitre dans la ville de La Rochelle, où il y a un très grand nombre de huguenots. »

Ces constatations prennent, en outre, une importance plus grande, lorsqu'on observe que les Protestants sont encore plus influents par les hautes situations commerciales qu'ils occupent que par leur nombre. Presque tout le haut négoce est entre leurs mains. Que sont, en effet, ces Admyrault, ces Carayon, ces Nairac, ces Rasteau, ces de Richemond, ces Perry, ces de Beaussay, ces de Missy, etc., tous grands armateurs, grands raffineurs? des protestants. Généralement fort riches, ils possèdent les plus beaux hôtels de la ville, et nous pourrions citer tel d'entre eux qui jouissait d'une fortune de 60.000 livres de rente, 180.000 francs de notre époque. Plusieurs aussi pouvaient faire preuve de leurs « quartiers de noblesse ».

(1) Communiqué par M. Garnault.

Notons également que, dans le courant du dix-huitième siècle, cette bourgeoisie protestante s'accrut de coreligionnaires
venus du Languedoc, de la Saintonge, de l'Angoumois, comme
les Valete, les Ranson, les Robert, les Garesché, les de Jarnac,
les Bonfils. Ils étaient attirés par la sécurité plus grande qu'on
trouvait dans cette ville où les protestants tenaient la tête.

Il en est aussi dont le nom seul trahit l'origine allemande,
suisse, hollandaise : tels les Weiss, les Wilckens, les d'Ebertz,
les de Heimbach, les Lambertz, les Jenner, les Scaaff, les Van
Hoogueff, les de Tandebaratz. C'est que les protestants de vieille
souche rochelaise aimaient à s'entourer de coreligionnaires :
leurs commis venaient des pays protestants, d'Allemagne, de
Hollande, de Suisse.

Plus l'on avance dans le dix-huitième siècle, plus l'on voit
s'accroître le nombre et surtout l'influence des négociants protestants. En 1789, presque toutes les grandes maisons de commerce leur appartiennent.

S'il est encore une preuve que l'on puisse donner de leur
grande situation commerciale, ce sont les nombreuses missions
que leur confie le commerce rochelais. En 1765, c'est un protestant, M. Carayon, que les commerçants choisissent pour les
représenter à l'élection des Notables; c'est encore un protestant,
M. Nairac, qui, à plusieurs reprises, est envoyé à Paris pour
présenter aux pouvoirs publics les doléances du commerce.
Enfin, lorsqu'en février 1789, l'assemblée générale du commerce,
composée des négociants, armateurs, marchands en gros et en
détail, maîtres de corporations, en tout 283 personnes, se réunit,
pour nommer des députés à l'Assemblée préliminaire du Tiers,
elle choisit six délégués dont cinq sont des négociants protestants. Finalement, les délégués du commerce rochelais appelés à
élire les deux députés de la sénéchaussée, MM. Nairac, de
Beaussay, Perry, de Missy, Garesché, étaient tous des négociants protestants.

En résumé, l'interdiction faite aux huguenots d'entrer dans les
carrières libérales et administratives, mesure prise dans un but

3

de persécution, a eu des conséquences contraires à celles qu'on en attendait. On croyait les amoindrir en les enfermant dans des professions qui, au contraire, donnent — on ne saurait trop le redire — la vraie puissance sociale; on les a ainsi contraints d'y rester et d'y exceller, justement à l'époque où déjà la bourgeoisie enrichie abandonnait ces professions. A La Rochelle, devenus rapidement maîtres d'un négoce qui faisait vivre une nombreuse population, ils ne tardèrent pas à reconquérir plus largement l'influence qu'on avait voulu leur enlever.

Ce sont les conséquences si curieuses de ce fait que nous allons suivre dans le détail, à travers la vie rochelaise du dix-huitième siècle.

III

L'ORGANISATION DU COMPTOIR

Nous avons vu que les protestants rochelais exclus des carrières libérales et administratives, c'est-à-dire des professions qui donnent accès à la vie publique, ont été rejetés dans la vie privée, dans le négoce, et qu'ils s'y sont fortifiés. Mais par quels procédés ? Pour nous en rendre compte, examinons, pièce à pièce, le facteur principal de la prospérité rochelaise : le comptoir.

I. — CE QUI, DANS L'ORGANISATION DU COMPTOIR, PROVIENT DE LA FORMATION SOCIALE.

L'influence de la formation sociale se manifeste d'abord dans la composition du personnel du comptoir. Le plus souvent, le commerçant rochelais a au moins un et presque toujours plusieurs associés. Mais cette association présente manifestement les caractères imprimés par la formation communautaire. Elle est faite entre parents et, autant que possible, pour toute leur vie. Le comptoir est comme un prolongement de la famille. On n'y rencontre pas seulement un père associé avec l'un de ses fils destiné à lui succéder tandis que les autres enfants, les cadets par exemple, sont établis ailleurs. Plusieurs membres de la même famille sont associés, et travaillent ensemble : un père et deux ou trois de ses fils; un père, ses gendres et son fils; deux ou trois frères; des cousins. Les raisons sociales sont d'ailleurs caractéristiques : Weiss et fils, Robert frères, les cousins Ranson, veuve Carayon et fils, etc. Très fréquemment les associés habitent ensemble, même lorsque l'un des fils associé est marié. Et le comptoir est tellement lié à la famille que, généralement, il se trouve dans la maison d'habitation.

De bonne heure, au plus tard à dix-huit ans, le jeune commerçant débute dans les affaires. Mais ce n'est pas à ses risques et périls; il n'apprend pas lui-même sa leçon et la maison dans laquelle il entre est dirigée par des membres de sa famille. Après un certain temps passé dans le comptoir, il accomplit, aux frais et pour le compte de la maison, un ou deux voyages aux colonies pour se mettre au fait du commerce. Parfois, il y demeure plusieurs années comme correspondant. Souvent aussi il voyage « pour l'étendue et l'augmentation du commerce de la maison ». Tel Jean-Paul Robert qui, pendant six ans, parcourut, presque sans interruption, l'Espagne, le Portugal, la France, l'Allemagne, et y dépensa « une somme de 50.000 livres, voyages et entretien compris ».

C'est en qualité de commis que les fils de la bourgeoisie débutaient au comptoir. Cependant ils ne tardaient pas à être associés aux bénéfices. C'est ainsi qu'un M. Robert, désireux de s'associer ses deux fils qui travaillent avec lui depuis quelques années, écrit dans un sous-seing privé : « Robert père, Pierre et Jean-Paul Robert s'associent pour travailler de concert et pour partager également et par tiers tous les profits et pertes qui en pourront résulter. » Mais c'est une association faite entre parents et qui revêt un caractère tout familial : « La société sera tenue de tout ce qu'il en pourra coûter pour faire élever le sieur Benjamin Robert fils et lui faire apprendre le commerce, son entretien et celui du sieur Samuel Robert fils, de même qu'à toutes les dépenses particulières de la maison. »

A côté des fils, nous trouvons les commis, toujours coreligionnaires, et qui, pour cette raison, étaient le plus souvent étrangers : Allemands, Hollandais, Suisses (1). Ils faisaient en quelque sorte partie de la famille; car, presque toujours, ils logeaient et prenaient leurs repas chez leur patron. C'étaient, d'ail-

(1) Notons également que les ouvriers employés dans les raffineries de sucre étaient des protestants hollandais et allemands.

leurs, nous dit-on, « des fils de négociants sortis de la maison paternelle pour aller prendre des connaissances plus étendues ». Ces jeunes gens se plaisaient chez leurs patrons dont ils partageaient l'existence journalière et avec lesquels ils avaient une communauté de foi religieuse. Ils y restaient longtemps. Parfois même leur qualité de protestant leur facilitait un mariage avec la fille de leur patron ou d'un autre négociant et ils s'établissaient alors définitivement à La Rochelle : tel fut le cas d'un certain nombre dont nous retrouvons les noms dans d'anciens documents.

La formation communautaire, déjà si manifeste dans la composition du personnel, apparaît encore plus, lorsqu'on observe la façon d'agir des membres du comptoir les uns à l'égard des autres.

Les différends qui s'élèvent sont toujours réglés entre soi : des parents, des amis, sont appelés comme arbitres et l'on ne produit pas en public de démêlés préjudiciables à la bonne réputation de la famille. Avant tout, l'on évite d'aller devant les tribunaux. Ce qui était, il est vrai, plus prudent, du moins au début du dix-huitième siècle, à une époque encore peu éloignée de la Révocation de l'Édit de Nantes. Mais c'était moins le manque de confiance dans les tribunaux et la crainte de leur interminable procédure, que le désir de maintenir la cohésion familiale, qui portait les Rochelais à insérer dans leurs actes de société des dispositions telles que celle-ci : « Dans le cas de différends entre nous pendant le cours ou lors de la dissolution de notre société, nous promettons de nous rapporter à la décision de trois négociants dont un sera nommé par chacun de nous, avec faculté d'eux de se faire assister, en cas de besoin, par tel jurisconsulte qu'ils aviseront. Nous nous soumettons, dès à présent, à passer par leur jugement comme si c'était un arrêt de Cour souveraine, à peine de payer pour chacun des contrevenants une somme de 3.000 livres applicable par moitié à l'hôpital de cette ville et l'autre moitié aux acceptants (1). »

(1) Acte de société de M. Robert et de ses deux fils.

Enfin, l'organisation essentiellement familiale du comptoir se manifeste encore par l'origine des capitaux qu'il emploie.

Toute la fortune de la famille, meubles et immeubles, même la dot des belles-sœurs ou des belles-filles, entre dans l'avoir social. L'on évite, autant que possible, d'emprunter et l'on cherche à se suffire avec ses propres capitaux. Aussi lit-on souvent dans des actes de société des formules de ce genre : « Le fonds de la présente société demeurera composé, comme il a ci-devant été, de tous nos biens et effets mobiliers provenant tant des successions de nos père et mère que du fruit de nos travaux ; en outre de la somme de 26.000 livres que notre sieur Pierre y confère de plus provenant de la dot de son épouse. »

Souvent les économies des commis viennent grossir le capital du comptoir : ainsi nous voyons M. de H... placer dans la maison Robert frères, où il était teneur de livres, une somme de 10.000 livres, pour laquelle il lui fut « tenu compte d'un intérêt de faveur de 10 % l'an ».

Ce commerce par association familiale, s'il présentait certains avantages, présentait aussi des inconvénients sérieux. Il ne développait pas vigoureusement l'initiative ; à chaque affaire nouvelle, celui qui en avait eu l'idée devait préalablement obtenir l'assentiment de tous les autres associés. Les plus écoutés étaient, presque toujours, les plus âgés, c'est-à-dire, généralement, ceux qui, aux innovations, préféraient les procédés traditionnels. Les plus jeunes, les plus entreprenants, se trouvaient ainsi retenus par le respect dû à des parents âgés ; les initiatives s'émoussaient et, à la longue, se décourageaient. Finalement, l'esprit de prudence, de tradition, de routine, l'emportait sur l'esprit de progrès. Aussi, lorsque le commerce devait se transformer, et employer des procédés nouveaux, — ce qui arrive fréquemment, — l'infériorité de ce type de comptoirs devenait évidente.

Cependant le comptoir rochelais conservait, quand même, une supériorité marquée sur les autres comptoirs français de la même époque, nous allons en donner les raisons.

II. — CE QUI, DANS L'ORGANISATION DU COMPTOIR, PROVIENT DE
L'EXCLUSION DES CARRIÈRES ADMINISTRATIVES ET LIBÉRALES.

Après le siège de 1628, les protestants rochelais, nous l'avons
dit, furent écartés des carrières administratives et libérales, puis
définitivement exclus de ces professions par la Révocation de l'Édit
de Nantes. Leurs fils n'eurent plus alors d'autre ressource que de
s'adonner au commerce : *tous les fils au comptoir*, devint la règle.

Nous n'observons pas la même pratique dans le comptoir rochelais de la période antérieure. Alors, une partie des fils de la
bourgeoisie s'éloignait volontiers des affaires et se dirigeait vers
« les lettres et universités », ou achetait des charges royales.
Tout cela nécessitait d'importants capitaux dont devait se dé-
pouiller la maison de commerce. En outre, ces fils de bourgeois
montraient un superbe dédain pour le négoce, qu'ils ne comprenaient pas ; ils étaient donc moins disposés à se sacrifier, à faire
preuve de bon vouloir pour maintenir dans la famille le comptoir qu'ils avaient abandonné.

Rien de semblable non plus dans les autres comptoirs français
du dix-huitième siècle : « Le petit marchand qui avait amassé
quelques économies achetait pour son fils un office de greffier, de
procureur ou de receveur des tailles ; le gros négociant rêvait pour
le sien un siège au Parlement, une charge de conseiller d'État, un
grade dans l'armée. Au lieu de rester dans le commerce, les capitaux allaient s'immobiliser, au bout d'une ou deux générations,
dans des charges vénales ou dans des hôtels somptueux (1). »
Les catholiques rochelais, qui n'étaient pas enchaînés au négoce comme leurs concitoyens protestants, n'agissaient pas au-
trement.

Le comptoir protestant échappa à cette cause de faiblesse. Sa
forte structure reste intacte, sans aucune fissure : il s'empare
de tous les fils de la Bourgeoisie. Son personnel n'est pas cons-

(1) Pigeonneau, *Histoire du Commerce*, t. II, p. 462.

tamment décapité, il conserve toute son élite. Point de capitaux à distraire pour envoyer les fils aux Universités ou leur acheter des charges coûteuses. Dès leur jeunesse, on leur apprend qu'ils sont destinés au négoce, qu'ils y resteront toute leur vie et l'éducation qu'ils reçoivent les dirige dans ce sens. A leur tour, ils inculquent ces mêmes idées à leurs descendants. Aussi voit-on à La Rochelle se perpétuer, pendant le dix-septième et le dix-huitième siècle, de véritables dynasties de négociants protestants, tels les Carayon, les Admyrault, les Rasteau, etc.

On devine aisément et, d'ailleurs, nous le montrerons plus loin, combien la pratique du négoce, continuée de père en fils pendant plusieurs générations, était de nature à maintenir chez les protestants rochelais les aptitudes commerciales.

Mais la nécessité où ils étaient de rester dans les affaires leur assurait, en outre, une stabilité qui manquait aux autres comptoirs français. Ils traversaient plus facilement la crise, toujours si grave pour les maisons de commerce, provoquée par la mort d'un des associés, surtout par la mort du chef de famille. Cependant, cette crise était particulièrement délicate pour les maisons rochelaises, le régime successoral de l'Aunis prescrivant le partage égal. D'après la coutume, un père n'avait pas le droit de disposer des biens propres, c'est-à-dire des biens immeubles qui lui venaient d'une succession. Il devait les partager entre ses enfants par portions égales : « Aucun ne peut donner à aucun de ses enfants ou hoirs présomptifs, ne iceux avantager l'un plus que l'autre en aucune partie de son héritage à lui venu par succession. » Par contre, il est vrai, un père pouvait disposer en entier de ses biens meubles et acquêts lorsqu'il avait des propres, et même, à défaut de ceux-ci, il lui était encore loisible de disposer en entier de ses biens meubles, à condition, toutefois, de laisser à ses héritiers directs les deux tiers des acquêts immeubles. En réalité, les pères n'usaient pas de cette latitude. Presque toujours ils donnaient, par testament, à chacun de leurs enfants une part égale de leur fortune : « Je veux que mes enfants, écrit un négociant, n'aient pas à se plaindre de moi qui observerai l'égalité entre eux qui me sont également chers. »

On trouvait encore, dans les testaments, des formules de ce genre : « Je vous invite, mes chers enfants, à partager amicalement et sans contestation ma succession par égales portions. »

Les inconvénients de ce régime successoral étaient atténués pour ces familles. Exclusivement adonnés au commerce et le pratiquant obligatoirement de père en fils, tous comprenaient qu'il n'y avait plus de négoce possible si l'on procédait à des partages répétés. Aussi, souvent, de son vivant, le père prenait des dispositions conservatrices. Il réunissait ses enfants, leur faisait souscrire des engagements et dressait lui-même, sous seing privé, sans aucune intervention de notaires, un « pacte de famille », que chaque enfant signait, et, en présence des siens, promettait de respecter. C'est ainsi, par exemple, que procède un père ayant des enfants de deux lits et désireux « de voir régner entre ses enfants l'harmonie qui seule fait le bonheur des familles ».

Très fréquemment, lorsque le père n'avait pas pris le soin de dresser un pacte de famille, ses héritiers procédaient d'eux-mêmes, à l'amiable, aux opérations successorales, avec une prudente et sage lenteur accompagnée de divers accommodements. Le 30 octobre 1763, Jean Robert meurt. Ses fils et associés, Pierre et Jean-Paul Robert, auraient pu être contraints à un partage immédiat par leur beau-frère Bédenc, négociant, et leur frère Samuel, capitaine de navire. Mais ceux-ci se rendent compte que ce serait porter un tort grave, peut-être même fatal, à la maison de commerce, qui n'est encore qu'à ses débuts et dont le fonds social est presque entièrement composé des biens à partager. Ils savent, cependant, à quoi ils s'exposent en laissant plus longtemps ces biens courir les risques du négoce à une époque où, par suite de la perte du Canada et de la Louisiane, sévit à La Rochelle une violente crise commerciale. Néanmoins, ils ne veulent pas arrêter les affaires de leurs parents et leur accordent, d'eux-mêmes, un délai d'un an, pour procéder au partage.

Les efforts que l'on fait, pour éviter ce qui pourrait nuire à la maison de commerce, pour assurer sa continuation et pour la maintenir entre les mains des descendants se manifestent, peut-être avec encore plus de force, dans le cas où le père vient à mourir en laissant des fils mineurs. Souvent, particulièrement dans la première partie du dix-huitième siècle, l'on voyait la veuve se mettre courageusement aux affaires et prendre la direction de la maison. Puis, lorsque son fils aîné atteignait l'âge d'homme, elle le formait, guidait ses premiers pas, se l'associait, et définitivement l'abandonnait à lui-même lorsqu'elle l'en croyait capable. De là ces nombreuses raisons sociales : Veuve Carayon et fils; Veuve de la Croix; Veuve Massieu; Veuve Ranson.

Généralement, la femme veuve était aidée dans cette lourde charge par la confiance dont elle était l'objet. — Avait-elle des gendres? ceux-ci, très souvent, s'entendaient pour lui laisser la libre disposition des biens de la communauté. C'est ce qui advint à la veuve Élie Bonfils : ses trois gendres prennent les dispositions suivantes par un sous-seing privé : « Pour témoigner à Mᵐᵉ Veuve Élie Bonfils l'entière confiance que nous avons pour elle et l'amitié sincère que nous lui portons, sommes convenus unanimement de lui laisser, pendant sa vie, le libre maniement des biens et effets dépendant de la communauté pour, par elle, en jouir et user, sans qu'elle puisse être gênée dans aucune opération, ni qu'elle soit tenue de nous en rendre compte. »

Une autre cause de supériorité, pour le comptoir protestant, était l'éducation et l'instruction très particulières qu'avaient reçues les jeunes gens avant d'y entrer.

Dès leur enfance, ils apprenaient de leurs parents qu'ils ne pourraient aspirer aux carrières administratives et libérales, qu'ils étaient fatalement destinés au commerce et à un commerce fort hasardeux. Encore plus que les paroles de leurs parents, les exemples qu'ils avaient continuellement sous les yeux frappaient leur esprit : souvent, en effet, ils voyaient leur père, un oncle, un ami de la famille, inquiet, soucieux à la suite d'une de ces crises qui, constamment, venaient bouleverser le négoce colonial. Ils étaient donc habitués à entrevoir la vie, non pas comme un rêve doré, mais bien plutôt comme un combat perpétuel. De bonne heure, ils avaient un sentiment très exact de ce

que serait leur existence future. Ces heureuses dispositions
étaient encore fortifiées, dès la première enfance, par les fermes
principes de morale chrétienne que leur inculquaient leurs
parents et que ceux-ci pratiquaient avec l'ardeur d'une foi persé-
cutée.

L'exclusion des carrières administratives et libérales qui portait ces commerçants à préparer virilement leurs enfants à la vie
par une éducation énergique, les amenait, également, à leur
faire donner une instruction bien adaptée à l'existence pratique
qui devait être leur lot. Mais cette tendance était encore accentuée
par l'interdiction d'ouvrir des écoles de leur culte. Comme le collège de La Rochelle était dirigé par des ecclésiastiques, la Bourgeoisie protestante prit le parti d'envoyer ses fils à l'étranger
pour parfaire leur instruction. C'est vers l'âge de quatorze ans
que ces jeunes gens allaient chercher, en pays protestants, une
instruction qu'ils ne pouvaient recevoir dans leur ville. Ils avaient
ainsi la facilité d'apprendre les langues étrangères, ce qui était
d'un grand intérêt pour de futurs négociants. Justement ce que
les pères rochelais réclamaient avant tout des maîtres anglais,
hollandais, allemands ou suisses à qui ils confiaient leurs fils, c'é-
tait l'étude des langues vivantes. Par contre, on se souciait fort
peu de « faire continuer aux enfants l'étude du latin dont ils
recevaient parfois quelques principes à La Rochelle (1) ». Avec
l'étude des langues vivantes, l'on demandait : « des leçons de
religion, de géographie, de calcul, de mathématiques, de danse
et de dessin (2). » Le caractère du protestant rochelais, négociant pratique, chrétien zélé, mais aussi — nous le verrons plus
loin — homme cultivé et mondain, se retrouve dans ce pro-
gramme. Voici un projet d'école approuvé par la Chambre de
Commerce, qui, tout en dénotant le même sens des réalités, les
mêmes préoccupations, préconise un régime d'instruction qui de
nos jours serait encore à méditer : « Le seul moyen de rendre le
Collège utile et vivifiant *pour la province* (il était presque sans
élèves puisque les jeunes protestants passaient à l'étranger), ne

---

(1) Tiré d'un document inédit communiqué par M. Garnault.
(2) Document inédit communiqué par M. Garnaut.

serait-il pas de se conformer ou de se prêter à la localité et aux circonstances? (Voilà certes une idée bien pratique et peu commune chez les hommes du dix-huitième siècle.) Il existe en France un très grand nombre de collèges latins dans lesquels on peut dire que le français entre à peine pour quelque chose; pourquoi n'en convertirait-on pas au moins un pour la langue nationale, pour la navigation et pour le commerce, dans lequel cependant la langue latine serait enseignée aux enfants dont les parents l'exigeraient? — Le collège attirerait les enfants du Bas-Poitou et du Languedoc (il y avait un assez grand nombre de Protestants dans ces deux provinces, et le collège devait être laïque) et même de l'étranger. On y viendrait apprendre la langue par principes, afin de se rendre capable de tenir un jour une correspondance intelligible et précise, talent si essentiel aujourd'hui pour se distinguer dans le commerce. Un semblable collège, situé à Paris, aurait de grands inconvénients; les dépenses y seraient plus considérables qu'en province; de plus, la population, les embarras extraordinaires et les dangers de toutes espèces qui se rencontrent dans une grande ville obligent d'y tenir les enfants très resserrés. On aperçoit de suite la grande disconvenance qu'il y aurait pour des sujets appelés à une vie active comme celle de Négociants et de Navigateurs. On réunirait dans ce collège une instruction publique dans la navigation, et dans tout ce qui peut en faire partie, dans la construction navale, dans la géographie, dans l'Écriture, dans les mathématiques, dans les langues espagnole, anglaise et hollandaise, les plus utiles à la mer et dans le commerce (1). »

Mais cette école n'ayant pu être fondée, les jeunes protestants continuèrent à aller à l'étranger. On en comptait dans ce cas 42 en une seule année et l'on évaluait à 110 pistoles, par an, le coût de leur instruction, en Suisse, en Allemagne et en Hollande. Vers 1760, c'est surtout à Neufchâtel, en Suisse, qu'on envoyait les jeunes gens. Dans cette ville se trouvait un pédagogue en renom, Osterwald, figure curieuse s'il en fut : protestant zélé, il tenait

---

(1) Document inédit communiqué par M. Garnault.

un pensionnat à l'usage des jeunes protestants français ; écrivain de mérite, il était l'ami de Voltaire et de Rousseau ; il trouvait aussi le temps de diriger une imprimerie, et de ses presses est sortie la Bible d'Osterwald, bien connue encore dans les Églises protestantes. A tout cela, il joignait le titre de « banneret de Neufchâtel ». C'est chez lui que passa l'élite de la jeunesse rochelaise, tels MM. Nordingh, Admyrault, Carayon, etc. A en juger par le commerce de lettres que plusieurs de ses anciens élèves entretenaient avec lui, on peut croire qu'il était fort apprécié. Il est vrai qu'il ne manquait pas de tenir ses correspondants au courant des faits et gestes de Voltaire et de Rousseau.

Fréquemment, après avoir terminé leur instruction et avant de revenir dans leur famille, nos jeunes Rochelais faisaient un voyage dans les pays qu'ils ne connaissaient pas encore, en Hollande, en Allemagne, en Angleterre, en Suisse, en France, suivant les cas. Ils en profitaient pour visiter les correspondants de leur père ou les négociants ayant des relations d'affaires avec La Rochelle, et ceux-ci les recevaient d'autant mieux que, le plus souvent, ils étaient eux-mêmes également protestants. Les pères, désireux de faire connaître à leurs fils les choses intéressantes de chaque ville, avaient soin de leur envoyer d'utiles renseignements. En voici un qui, bien que protestant, écrit à l'un de ses fils : « Si tu passes à Chartres, tu verras une très belle cathédrale. Il y a une Assomption de la Vierge, en marbre, qui est d'une grande beauté. » Puis encore : « Tu verras à Nogent-le-Rotrou, le tombeau du duc de Sully et de son épouse. » Mais l'homme pratique reparaissant, il ajoute : « Au Mans, n'oublie pas d'aller visiter la blanchisserie de MM. Bernard frères. »

Il est aisé d'imaginer les avantages que présentaient, pour les jeunes Rochelais, ces séjours et ces voyages à l'étranger. Tout en apprenant les langues, ils se familiarisaient avec des mœurs et des coutumes différentes ; leur intelligence s'ouvrait à nombre d'idées ; leur horizon, enfin, s'élargissait à feuilleter ce que Montaigne appelait si justement le « grand livre de vie ».

A dix-huit ans, ces jeunes gens étaient, généralement, de retour à La Rochelle. Bien préparés par l'éducation reçue dans la famille, pourvus d'une élémentaire mais pratique instruction, ayant visité les pays étrangers, ils entraient, alors, au Comptoir. Là ils recevaient une seconde éducation, l'éducation professionnelle qui devait en faire ces négociants distingués, que nous commençons à connaître, et que nous allons maintenant voir à l'œuvre dans les diverses phases de leur vie commerciale.

IV

LES PHASES DE LA VIE COMMERCIALE

Préparés au commerce par le mode d'éducation que nous venons d'exposer, et enfermés pour ainsi dire de force, dans le Comptoir paternel, par l'interdiction des autres professions, les jeunes Rochelais vont avoir à surmonter les crises commerciales qui étaient si fréquentes à la Rochelle.

Et ce n'était pas là une petite affaire, car le négoce colonial était alors particulièrement instable, ainsi qu'on en va juger.

I. — LES DIFFICULTÉS SOULEVÉES PAR LA FRÉQUENCE DES CRISES COMMERCIALES.

Une première cause d'instabilité du commerce rochelais résultait de sa nature même. Il avait, en effet, pour principal objet le trafic de matières susceptibles d'être endommagées pendant les traversées. Les viandes salées et les farines que l'on envoyait aux colonies se gâtaient fréquemment en route ; mais les armateurs subissaient surtout de grosses pertes par suite « des déchets considérables sur les sucres et les indigos » que leurs navires rapportaient des îles d'Amérique.

Les difficultés continuelles suscitées par le pouvoir royal, ou par ses agents, étaient une autre cause d'instabilité pour les transactions avec les colonies.

Dès cette époque, l'État croyait utile d'accorder certaines primes à la navigation coloniale. Il eût été préférable qu'il s'abstînt. En effet, c'était surtout un prétexte pour imposer aux négociants des charges fort lourdes. C'est ainsi que, de temps à autre, il imposait aux armateurs le transport gratuit des émigrants et de certaines marchandises, salaisons, bois de tonnelage. A la suite d'un tremblement de terre à Saint-Domingue, les navires furent même contraints d'emporter des pierres de taille.

Mais tous ces embarras n'étaient rien à côté de ceux que créaient aux commerçants les agents de l'État : « Aux colonies, écrivait M. Rasteau, en 1755, les gouverneurs et intendants s'arrogent des droits à leur profit qui dégoûtent les négociants; il est commun d'entendre dire à ces hommes, véritables ennemis de l'État : « Que m'importe si le commerce perd, dès que ma colonie « et mes établissements particuliers sont pourvus du nécessaire et « que je fais une fortune brillante et rapide! » Les agents du roi aux colonies n'étaient pas non plus insensibles aux cadeaux de leurs administrés; si bien que souvent les sentences rendues en France contre les colons ne recevaient pas d'exécution : aussi, pour cette raison les Rochelais avaient-ils fréquemment à subir de grosses pertes d'argent.

L'État, d'ailleurs, ne donnait pas toujours aux débiteurs un meilleur exemple : en 1759, durant la guerre de Sept Ans, un arrêt du Conseil ordonna « qu'il serait sursis, pendant la guerre, au paiement des lettres de change tirées aux colonies sur les trésoriers généraux par les commis des négociants ». Au retour de la paix, l'État ne se montra pas plus soucieux de ses créanciers, et fit une véritable banqueroute en refusant de payer les lettres de change tirées du Canada et en faisant une réduction générale des « papiers royaux ». Ces mesures arbitraires amenèrent la chute de plusieurs maisons de commerce de La Rochelle.

Les violations continuelles du Pacte colonial étaient, pour le négoce, une autre cause très grave d'instabilité. Mais il est nécessaire d'entrer ici dans quelques détails.

Pendant le dix-septième siècle et jusqu'en 1717, le commerce avec les colonies d'Amérique et la traite des nègres avaient été, du moins en principe, réservés à des Compagnies privilégiées. Ces sociétés, paralysées autant par l'inexpérience de leurs directeurs que par les lourdes charges que leur imposait l'État, ne faisaient que végéter et étaient surtout une entrave aux entreprises individuelles. Leur impuissance, il est vrai, devait bientôt les rendre moins nuisibles. Pour augmenter leurs minces profits, elles ne tardèrent pas, en effet, à permettre aux particuliers, moyennant le paiement de droits fixes, de trafiquer avec les pays compris dans leur concession. Pendant près de cinquante ans, les Rochelais furent parmi les meilleurs clients de ces Compagnies. Néanmoins, on devine combien il leur était pénible d'acquitter les droits imposés par ces véritables parasites du commerce individuel. La haine qu'inspiraient aux Rochelais ces associations était telle qu'elle se manifestait encore et très violemment dans le cahier des doléances rédigé par les négociants en 1789, à une époque, cependant, où la plupart des compagnies privilégiées n'existaient plus. « Nous ne doutons pas, déclarait le commerce rochelais, que les États généraux ne se décident à prononcer la suppression de l'odieuse Compagnie des Indes (orientales). Notre vœu est que toute compagnie à privilège exclusif soit supprimée. Il est temps que l'on comprenne que des milliers de négociants savent mieux ce qu'il est de leur intérêt de faire ou de ne pas faire qu'une poignée de compagnonnistes agioteurs, le scandale et la honte de toute la France (1). » Aussi comprend-on l'enthousiasme avec lequel les Rochelais apprirent, par les lettres patentes d'avril 1717, que le pouvoir royal supprimait la plupart des Compagnies (2) ayant eu jus-

---

(1) On est donc assez mal inspiré en citant en exemple, comme on le fait actuellement, les Compagnies privilégiées de l'ancienne France. A cette époque, au contraire, l'État ne paraît pas avoir connu les règles qui doivent présider à l'organisation et au fonctionnement de ces sociétés commerciales. De ce que nous venons de voir il semble résulter que les Compagnies privilégiées n'ont de raison d'être que lorsque les entreprises individuelles répugnent à s'établir dans une région, notamment au début de la colonisation, tandis que le pays est encore peu connu, d'un accès difficile ou très insalubre. Mais, lorsque ces divers obstacles ont disparu, le moment est venu de ne pas renouveler, à leur expiration, les privilèges des Compagnies. Sans cela, on risque ou bien de décourager les entreprises individuelles, toujours plus profitables pour les colonies que les entreprises collectives, ou bien encore de soulever contre l'État les colères très justifiées de l'opinion publique. A cet égard, n'est-il point curieux, à plus de cent ans d'intervalle, de rapprocher les violentes récriminations soulevées récemment en Angleterre contre la Compagnie à charte du Niger de la fureur manifestée par les négociants rochelais contre la Compagnie des Indes ?

(2) Deux ans plus tard, il est vrai, l'État, à l'instigation de Law, reconstituait la

4

qu'alors le monopole du trafic avec l'Amérique et déclarait ce commerce ouvert à un certain nombre de ports français parmi lesquels se trouvait La Rochelle.

Les lettres patentes d'avril 1717, en ouvrant les colonies d'A-mérique beaucoup plus largement que par le passé à l'initiative individuelle, furent le point de départ d'une ère de très grande prospérité commerciale. Comparé au système des Compagnies privilégiées, — du moins tel qu'il avait été compris et appliqué jusqu'alors en France, — le nouveau régime, le *Pacte colonial*, ainsi qu'on devait l'appeler dans la suite, était assurément un réel progrès. Il avait, cependant, pour fondement le principe essentiellement faux que l'on formulait ainsi : « Le commerce colonial doit être réservé à la métropole (1). » Aussi, comme tout ce qui repose sur un principe inexact, le Pacte colonial était-il extrêmement artificiel et fragile. En conséquence, continuelle-ment violé, il allait être une nouvelle cause d'instabilité pour le négoce colonial. C'est ce que nous allons constater en examinant les trois clauses principales du régime institué par les lettres patentes de 1717.

1° *Seuls les ports français désignés par les lettres patentes peuvent commercer avec les colonies.* — Le bénéfice de cette clause était, il est vrai, accordé à la plupart des villes de com-merce ; cependant il était refusé à des ports de l'importance de Marseille et de Dunkerque, dans la crainte que ces villes, qui avaient un port franc, fussent tentées d'introduire aux colonies les marchandises qu'elles recevaient, à très bas prix, de l'étran-ger. Mais Marseille et Dunkerque firent bientôt entendre de vé-

---

Compagnie des Indes orientales ; mais cette Compagnie, dès la chute du célèbre Écossais, dut abandonner la plus grande partie de ses privilèges ; en 1731, elle perdit son dernier monopole : le commerce avec la Louisiane.

(1) A la même époque, les Anglais n'avaient pas d'idées plus justes à cet égard. Mais, dans la suite, instruits par la grande leçon que fut pour eux la guerre de l'In-dépendance américaine, ils acquirent et mirent en pratique, bien avant nous, une con-ception exacte des rapports qui doivent exister entre les colonies et la mère patrie. En France, au contraire, il a fallu la loi du 3 juillet 1861 pour faire disparaitre les der-niers vestiges du Pacte colonial. Néanmoins, l'esprit qui l'avait dicté subsiste encore et se retrouve dans le régime douanier que nous imposons à nos colonies. (Voir à ce sujet le remarquable ouvrage de M. Poinsard : *Libre-Échange et Protection*, Didot, p. 569 et suivantes)

hémentes protestations et fatiguèrent le pouvoir de leurs doléances. Aussi, malgré l'opposition acharnée des autres ports, ces deux villes obtinrent enfin l'autorisation de trafiquer avec les colonies, la première en 1719 et la seconde en 1721. Par contre, les craintes que leur demande avait soulevées ne tardèrent pas à se réaliser : pendant tout le dix-huitième siècle, en dépit de mesures rigoureuses, les ports francs de Marseille et de Dunkerque parvinrent à faire débarquer, de temps à autre, aux colonies des marchandises qu'ils tiraient de l'étranger et qu'ils vendaient à plus bas prix que les produits envoyés par les autres ports français, ce qui provoquait un trouble profond dans les transactions.

2° *Les colonies qui produisent des sucres ne doivent pas les raffiner.* — Cette clause était trop contraire aux intérêts des colonies pour être longtemps respectée. Durant tout le dix-huitième siècle, ce fut une lutte incessante entre les négociants de la métropole et les colons des Antilles, les premiers réclamant l'application stricte du Pacte colonial, les seconds demandant, au contraire, qu'il y fût fait des brèches. Les colons finirent par l'emporter et la ruine de nombreuses raffineries s'ensuivit, tant à La Rochelle que dans les autres ports : « Le raffinage des sucres en Amérique, écrivait en 1784 un négociant rochelais, M. de Baussay, a renversé quatre-vingts raffineries qui faisaient ensemble un mouvement de 60 millions. »

3° *Le commerce avec l'étranger est interdit aux colonies.* — Cette clause, véritable hérésie économique, était, heureusement pour les colonies, atténuée par une contrebande qui ne tarda pas à prendre d'énormes proportions. Les colons étaient, en effet, poussés à trafiquer avec les étrangers pour deux raisons.

En premier lieu, alors comme aujourd'hui, nos concurrents commerciaux anglais et hollandais fabriquaient et naviguaient à meilleur compte que nous. Partant, les habitants de nos colonies étaient plus portés « à souffrir le commerce des étrangers que celui de leur véritable patrie » (1).

---

(1) *Déclaration de la Chambre de commerce de La Rochelle.*

En second lieu, les colons des Antilles, s'étant mis à raffiner leurs sucres, avaient à écouler de très grandes quantités de tafias ou guildives, liqueurs provenant du raffinage. Or, ils ne pouvaient songer à les envoyer en France, les fabricants d'eaux-de-vie ayant obtenu, en 1713, une déclaration royale qui « proscrivait l'introduction en France et défendait d'y distiller des sirops et guildives ». Force était donc aux colons de vendre, clandestinement, ces liqueurs aux Anglais et aux Hollandais.

Par suite des deux raisons que nous venons d'indiquer, la clause du Pacte colonial interdisant aux colonies le commerce avec l'étranger fut continuellement violée. Et, cependant, les plus sévères mesures avaient été prises, à la demande des négociants de la métropole. C'est ainsi que, même sous le gouvernement du pusillanime cardinal Fleury, on alla jusqu'à faire saisir, en une seule fois, dix-sept navires anglais. En 1727, un édit royal prohibait la navigation étrangère à moins d'une lieue des côtes de nos colonies ; il permettait de courir sus à tout navire français se livrant au commerce étranger et défendait à tous les étrangers établis dans nos colonies, même aux naturalisés, d'être marchands, courtiers ou agents d'affaires, sous peine d'avoir à payer une amende de 3.000 livres et d'être bannis à perpétuité des colonies. Mais rien n'y fit et, grâce à la connivence des colons, la contrebande, ou plutôt « l'interlope », comme on l'appelait alors, ne cessa d'augmenter durant tout le dix-huitième siècle. Si bien qu'en 1767 le pouvoir royal se décida à sanctionner un état de fait et à enfreindre lui-même le Pacte colonial, en autorisant l'ouverture aux Antilles de deux ports francs où les étrangers seraient librement admis. Cette décision dut bientôt être rapportée en raison des clameurs poussées par les négociants de la métropole. Mais les colonies, à leur tour, firent entendre de si vives protestations qu'un arrêt du conseil du roi, en date du 30 août 1784, rétablit les ports francs.

D'après ce qui précède, on se représente aisément quelle instabilité régnait dans le négoce colonial. Ce commerce étant, du moins en principe, réservé aux négociants de la métropole, ceux-ci étaient portés à fixer les prix de leurs importations aux colonies sans tenir compte de la concurrence étrangère. Or cette concurrence parvenait fréquemment, on vient de le voir, à faire débarquer, tout à coup, dans nos possessions, de grandes quantités de marchandises (1) vendues ensuite à très bon marché, ce qui provoquait une baisse subite dans les prix et détruisait toutes les prévisions des négociants de la mère patrie. De là des crises commerciales continuelles.

A toutes les causes d'instabilité du négoce colonial que nous venons d'énumérer venaient encore s'ajouter les longues guerres qui, à cette époque, mirent aux prises la France et l'Angleterre : guerre de succession d'Espagne (1702-1712); guerre de succession d'Autriche (1741-1748); guerre de Sept Ans (1756-1763), guerre de l'Indépendance américaine (1777-1784). Pendant ces interminables luttes, les navires marchands devenaient facilement la proie des croisières anglaises, notre marine de guerre étant insuffisante ou mal organisée. Et les Rochelais du dix-huitième siècle, aussi peu guerriers que leurs ancêtres du moyen âge, n'avaient même pas la ressource de se défendre eux-mêmes, comme les gens de Saint-Malo, en armant des corsaires. Aussi, dans la seule année 1756, 38 vaisseaux leur furent enlevés par les Anglais, et l'on vit alors les assurances maritimes atteindre jusqu'à 45 et 60 % de la valeur des navires. On imagine aisément quel trouble en résultait pour le commerce.

Enfin, le désastreux traité de Paris (1763), en faisant perdre à la France le Canada et la Louisiane, vint mettre le comble à l'instabilité du négoce colonial. Du coup, trente et une des principales maisons de commerce rochelaises durent suspendre leurs paiements.

Et cependant, en dépit de toutes ces difficultés accumulées et sans cesse renaissantes, le commerce rochelais réussit pendant longtemps à maintenir sa situation prospère.

(1) Un négociant rochelais, M. de Baussay, évaluait à plus de 20 millions de livres la valeur des marchandises étrangères importées à Saint-Domingue en 1784. Il faut, il est vrai, accepter ce chiffre avec réserve, les négociants français étant alors très portés, pour effrayer le gouvernement royal, à exagérer la concurrence étrangère.

II. — COMMENT LE COMMERÇANT ROCHELAIS TRIOMPHAIT DES CRISES COMMERCIALES.

Cette extraordinaire instabilité du commerce colonial était contre-balancée, à La Rochelle, par l'aptitude, non moins extraordinaire, des familles à surmonter les crises. A peine abattues, elles se relevaient et, grâce à elles, la prospérité commerciale de leur ville renaissait. C'est ainsi qu'après la ruineuse guerre de Succession d'Autriche se place l'époque du plus grand développement commercial de La Rochelle. La terrible crise qui suivit le traité de Paris (1763) ne tarda pas non plus à être surmontée : en 1774 l'on constatait « une grande reprise des armements »; en 1783, malgré la guerre de l'Indépendance américaine, l'on pouvait écrire : « L'émulation et l'activité s'accroissent »; enfin, en 1786, le tonnage des navires armés pour les colonies était le même qu'en 1751, avant la perte du Canada et de la Louisiane. Les négociants avaient su remplacer les débouchés qui s'étaient fermés et, maintenant, leurs navires allaient à l'île Bourbon, à l'île de France, dans l'Inde et aux États-Unis.

Cette remarquable aptitude à surmonter les crises commerciales était due précisément à l'interdiction faite aux protestants d'entrer dans les carrières libérales et administratives. Le négoce étant leur unique moyen d'existence, ils ne pouvaient songer à l'abandonner lorsqu'ils étaient ruinés et il leur fallait bien, coûte que coûte, se relever par ce même négoce. Un père voyait-il ses affaires compromises, aidé de ses fils il se remettait courageusement à la tâche et il était rare que la maison ne parvînt, dans la suite, à recouvrer sa prospérité. Ce qu'une génération n'avait pu faire, la suivante s'en chargeait; en effet, nous avons vu que ces négociants s'adonnaient au commerce de père en fils.

Mais, — remarquons-le maintenant et ne l'oublions pas, — l'aptitude des protestants à surmonter les crises était bien plus

le fait du groupe familial que des individus. Nous avons constaté,
en effet, que, si l'exclusion des carrières libérales et administratives avait été une cause de supériorité pour le commerçant
rochelais, du moins la structure du Comptoir n'avait pas été
modifiée ; à quelques perfectionnements près, il était constitué
sur le type communautaire, dont nous avons donné la descrip-
tion précédemment. Aussi, en temps de crise, chacun comptait-
il moins sur ses propres forces que sur l'appui de ses associés
ou sur l'appui des autres comptoirs appartenant à des parents,
à des coreligionnaires. Cet appui faisait rarement défaut car,
par suite des mariages, la bourgeoisie protestante était arrivée,
dans le courant du dix-huitième siècle, à ne plus former, à La
Rochelle, qu'une vaste famille.

L'obligation qui rivait en quelque sorte le négociant rochelais
à la pratique du commerce avait, en outre, développé en lui à
un degré rare l'aptitude à ouvrir sans cesse de nouveaux débouchés, et à profiter de ceux qui s'ouvraient spontanément
devant lui.

Les Rochelais furent, notamment, les premiers à trafiquer
avec les pays compris dans la concession des Compagnies privilégiées, dès que ces sociétés accordèrent ce droit aux particuliers, moyennant finance. Les premiers, ils armèrent pour la
traite des nègres à la côte de Guinée : ils versaient pour cela, à
la Compagnie des Indes Occidentales, six livres par tonneau de
jauge et acquittaient, pour les marchandises que leurs navires
rapportaient d'Amérique, un droit de 5 % payable en nature. En
1717, lorsque la Compagnie du Castor céda son monopole à la
Compagnie des Indes ils surent également faire donner à leur
port le monopole du transport des pelleteries du Canada. En
1730, quand le commerce avec la Louisiane devint libre, ce fut
un Rochelais, M. Rasteau, qui arma le premier pour cette colonie.
C'est encore un Rochelais, M. Admyrault, qui fut l'un des premiers
armateurs français à envoyer des navires à l'île Bourbon, à l'île
de France et dans l'Inde après la déchéance de la Compagnie des
Indes orientales. Aussi, à cette époque, la Chambre de commerce
de La Rochelle pouvait-elle dire avec fierté : « Que l'on suive

l'histoire de l'établissement de nos colonies, partout l'on verra les Rochelais ouvrir la route et la tracer aux autres places. »

L'éducation et l'instruction si pratiques que recevaient les Rochelais ainsi que les aptitudes commerciales qu'ils acquéraient au Comptoir, tout cela était bien fait pour développer en eux, à un haut degré, la notion des réalités, le sens pratique. La preuve la plus frappante que l'on en puisse donner est assurément les vœux qu'ils formulèrent et l'attitude qu'ils prirent pendant la Révolution.

En dépit des luttes religieuses, les habitants de La Rochelle étaient restés de fidèles et loyaux sujets du roi et ce qu'ils attendaient des États Généraux, ce n'était point le bouleversement de tout l'ordre social, mais des réformes justes et pratiques que l'un d'entre eux, un négociant, M. de Richemond, résumait ainsi : « Fixer des bases solides pour l'exacte répartition des impôts reconnus nécessaires; donner avant tout une constitution au plus beau royaume du monde, en rendre les fondements autant inébranlables que le comporte la nature des choses humaines; délivrer les provinces des tyrans qui les volent ou les oppriment et le commerce des vampires privilégiés qui l'anéantissent! Enfin, réaliser tous les vœux que formait, pour ses sujets fidèles, ce bon roi (Henri IV) leur idole, le bien bon ami des Rochelais. »

C'était là, à quelque chose près, ce que désirait la France entière. Sans nul doute, cette œuvre aurait pu être menée à bien si les hommes chargés d'y pourvoir avaient joint, au courage qu'ils montrèrent en toutes circonstances, un peu de sens pratique si commun chez ceux qui ont été à la tête d'un domaine rural, d'un atelier ou d'un comptoir. Le Tiers ne sut malheureusement, dans la plupart des cas, envoyer aux États Généraux que des légistes, des lettrés, tous hommes peu familiarisés avec les réalités et imbus d'abstractions. S'il n'avait tenu qu'à la Chambre de commerce rochelaise, l'Aunis eût été représenté aux États par des hommes pratiques, « la réunion dans une telle assemblée de grands agriculteurs avec des négociants choisis devant servir à procurer des lumières pour le meilleur choix des moyens propres à contre-balancer ceux qu'emploient les nations étrangères (1) ».

Mais il en devait être en Aunis comme dans beaucoup d'autres régions : les paysans donnèrent leurs voix à des légistes : « Le commerce, déclarait la Chambre de commerce, s'est aussi bien présenté qu'il le pouvait faire, il a même été assez secondé par les autres ordres de la ville, mais le nombre des votants était trop petit en comparaison de ceux des campagnes, presque tous praticiens dans la dépendance des magistrats auxquels ils ont cherché à faire leur cour (2). » Ce n'est point parce que les paysans étaient des « praticiens » qu'ils firent élire, pour représenter le Tiers État d'Aunis, MM. Griffon, lieutenant général au Présidial, et Alquier, avocat au même Présidial. La cause était plus profonde. Les paysans, on l'a déjà vu, ayant plus à se plaindre qu'à se louer des négociants, ne firent que prendre leur revanche en ne votant pas pour les candidats du commerce. Et, en Aunis, comme dans beaucoup d'autres régions, les gens des campagnes, privés du patronage des classes supérieures, nobles ou bourgeois, tombèrent « dans la dépendance des magistrats ».

La bourgeoisie rochelaise, pleine de dépit de ne pas être représentée aux États Généraux par l'un des siens, voyant, en outre, dès avril 1789, que « la grande majorité du Tiers État était fort étrangère au commerce (3) », proposa, par l'entremise de sa Chambre de commerce, aux Chambres de Nantes, de Bordeaux et des autres ports intéressés au négoce colonial, de nommer un comité de 30 à 40 délégués chargés de soumettre aux États Généraux les doléances du commerce. La Chambre de La Rochelle était d'ailleurs décidée, pour sa part, « à avoir l'œil sur ce qui se passerait aux États Généraux afin de saisir le moment propre à frapper de nouveau pour les intérêts du commerce (4). »

Dès cette époque, nos Rochelais semblent prévoir les décrets

---

(1) Document publié par M. Garnault.
(2) *Ibid.*
(3) *Ibid.*
(4) Document cité par M. Garnault.

qui devaient ruiner Saint-Domingue, et ce n'est point eux qui eussent dit : « Périssent les colonies plutôt qu'un principe. » Sans doute, ils pensent que l'on est en droit d'obliger les armateurs même « par de sévères règlements à être humains dans le transport des nègres (1) ». Toutefois, comme l'écrivait un négociant rochelais, M. de Baussay, « nous ne voulons point faire l'éloge de l'esclavage, mais nous dirons qu'aussi longtemps que les nations qui ont des colonies en feront cultiver la terre par les bras des esclaves, la France sera forcée d'employer les mêmes moyens ».

Le pouvoir royal ayant interdit aux Chambres de commerce de se faire représenter auprès des États Généraux par des délégués officiels, la Chambre de La Rochelle décida l'envoi à Paris d'un délégué officieux chargé de surveiller les députés de l'Aunis. Cette mission fut confiée, le 15 juillet 1789, à M. Nairac, grand armateur protestant. Il avait mandat « de se réunir aux autres députés des places de commerce pour faire avec eux effort afin d'être admis dans l'Assemblée générale quand il s'agira de délibérer sur les objets du commerce, partie si intéressante pour la nation qui ne peut être discutée que par des négociants (2). »

Ce Rochelais à l'esprit ouvert, l'un des plus distingués de la Bourgeoisie, écrivait, peu de temps après, à la Chambre de commerce : « Rien n'égale le mépris que la majorité de l'Assemblée nationale a pour le commerce ; on regarde ses députés comme des surveillants fâcheux, importuns même ; les députés des bailliages auxquels ils appartiennent ont, en général, les mêmes sentiments ; on semble prendre à tâche de les humilier et, sans le zèle et le courage qui les soutiennent, la plupart d'entre eux auraient, depuis longtemps, demandé leur rappel. »

Qu'il est donc suggestif le conflit révélé par cette lettre et comme il montre bien, en une image réduite, l'état des esprits pendant la Révolution ! D'une part, des hommes pondérés, pratiques, amis des réformes mais voulant que l'on procède avec mesure et sans tout changer du jour au lendemain.

---

(1) Tiré d'une brochure publiée par un négociant de l'époque, M. de Baussay.
(2) Document publié par M. Garnault.

D'autre part, des théoriciens, des esprits systématiques, qui, par leur ignorance des hommes et des choses, vont compromettre les grandes idées de liberté et de justice dont ils sont épris, vont tomber bientôt dans les pires excès et notamment bouleverser, avec les plus belles intentions, nos colonies, « faire égorger tant de Français, tant de colons laborieux, tant de négociants utiles en proclamant improvisement la liberté des esclaves » (1).

En excluant les protestants rochelais des carrières libérales et administratives, on les avait amenés à acquérir, on vient de le voir, de remarquables aptitudes commerciales.

Ces aptitudes, à leur tour, eurent pour conséquence de les rendre maîtres du grand négoce et de les enrichir. Finalement, eu égard à leur haute situation commerciale, on cessa de leur appliquer des lois d'exception. Bref, la persécution se détruisait elle-même par ses propres effets. Résultat, d'ailleurs, assez habituel, qui devrait hâter les progrès de la tolérance, si l'esprit humain n'était que trop souvent obscurci par les préjugés et les passions.

Tandis qu'en Saintonge, les protestants, pour la plupart peu fortunés, dispersés dans les campagnes, étaient inquiétés, tandis qu'on leur enlevait leurs filles pour les mettre dans des couvents, leurs riches coreligionnaires rochelais n'avaient plus guère à souffrir que de quelques tracasseries au sujet du baptême de leurs enfants. Aussi vit-on des familles de la Saintonge, du Poitou, de la Guyenne, etc., se réfugier à La Rochelle où les protestants devinrent bientôt si libres que, dès le milieu du dix-huitième siècle, ils « se formèrent en corps et appelèrent un ministre auquel on alloua 3.000 livres d'appointements ».

Enfin, à une époque contemporaine du supplice de Calas (1762) et du fameux procès de Sirven (1764), un protestant rochelais pouvait écrire : « Nous jouissons, grâce à Dieu, de la

---

(1) M. de Baussay, *loc. cit.*

plus grande tranquillité et nous avons une vingtaine de maisons où l'on s'assemble pour le sermon et chant de psaumes *aussi publiquement qu'à Amsterdam*. On ne nous inquiète plus pour le baptême de nos enfants (1). » Et les dames protestantes faisaient alors l'ornement des soupers et des bals de l'Intendant.

Constatons, en passant, qu'à Jarnac, en Angoumois, où un groupe important de protestants s'était maintenu, l'on observe les mêmes faits : là aussi nous trouvons une bourgeoisie protestante bloquée dans le commerce, dans le négoce des eaux-de-vie dont elle se rendit rapidement maîtresse, et là encore la liberté du culte devint complète en peu de temps.

En 1765, un Rochelais de passage à Jarnac, M. Jean Ranson, écrivait à son ami M. Osterwald : « L'exercice de notre religion est ici, à présent, plus libre que jamais; on est venu jusqu'à construire un temple dans les faubourgs de la ville... L'on a le bonheur d'avoir un très bon seigneur qui a même assisté à plusieurs de nos exercices (2) ».

Les protestants ont leurs grandes et petites entrées au château et le comte de Jarnac ne dédaigne pas d'aller dîner chez ces riches négociants qui forment la haute société du lieu.

. Sans vouloir faire de généralisations hâtives que nous ne pourrions appuyer de faits, nous sommes, cependant, très porté à croire, après ce que l'on a vu à La Rochelle et à Jarnac, que les Protestants ne furent longtemps persécutés que dans les endroits où ils étaient peu nombreux et lorsqu'ils ne disposaient pas de cette force si souvent irrésistible : la fortune. Ainsi, par exemple, à Bordeaux, où ils étaient comme noyés dans la population catholique, une demande d'anoblissement ayant été faite, en 1786, en faveur de M. Nairac, grand négociant, frère de l'armateur rochelais du même nom, l'Intendant, bien que l'on fût à la veille de l'Édit qui allait rendre aux protestants leur état civil (1787), ne crut pas pouvoir appuyer cette demande. « Il se pourrait, disait-il, que les familles qui professent la religion de l'État et qui ont rendu d'aussi grands services que le sieur Nairac vissent

(1) Document communiqué par M. Ranson.
(2) Communiqué par M. Ranson.

d'un mauvais œil une distinction si honorable devenir le partage des protestants. »

Au contraire, à La Rochelle, dès 1718, lors de l'organisation de la Chambre de commerce, des négociants catholiques, anciens juges de la juridiction consulaire, écrivaient : « Nous avons ici un nombre si considérable de nouveaux convertis (lire protestants) qui sont des meilleurs négociants et d'une probité reconnue, que, loin de voir de la difficulté que ces Messieurs soient reçus à la Chambre de commerce, tous les anciens juges s'en font un plaisir. »

Enfin, à Jarnac, alors que les protestants n'avaient pas encore constitué les grosses fortunes qu'ils possédaient à la fin du dix-huitième, siècle, « du temps du vieux comte c'était l'usage, nous dit-on, d'enlever les filles des protestants pour les mettre au couvent; d'emprisonner et pendre les prédicants et ceux qui allaient au prêche ». Plus tard, le fils besogneux de ce même comte recevait à sa table les protestants et allait même jusqu'à assister à l'un de leurs exercices religieux (1).

III. — COMMENT LE COMMERÇANT ROCHELAIS CESSA DE TRIOMPHER DES CRISES COMMERCIALES.

Jusqu'ici nous avons vu la force sociale des négociants rochelais toujours s'accroître sous l'influence des exclusions dont ils étaient frappés. Maintenant qu'ils sont riches et respectés, que vont-ils devenir? La richesse va-t-elle les grandir encore ou les diminuer? Question qu'il faut se poser, car la fortune est loin de produire les mêmes effets sur les divers types sociaux. Tandis que chez une race elle fait monter le niveau social, chez une autre,

---

(1) Il serait intéressant de rechercher si les conséquences de la Révocation de l'Édit de Nantes relevées à La Rochelle se retrouvent ailleurs. Nous croyons savoir qu'il en serait ainsi, notamment, à Jarnac, à Mazamet (Tarn), à Flers (Orne), villes où se sont longtemps maintenues et se maintiendraient encore dans le commerce et l'industrie de nombreuses familles protestantes. Il faudrait surtout expliquer pourquoi, dans ces trois centres, les protestants sont restés attachés aux professions usuelles qu'ils ont, au contraire, abandonnées à La Rochelle.

au contraire, elle l'abaisse . Elle peut être soit un agent de progrès, soit un ferment de décadence. Tantôt elle est un encouragement aux initiatives, aux énergies, tantôt elle tend à les détruire. Et tel ou tel de ces effets se produira ou ne se produira pas suivant le degré de résistance de l'organisation sociale. Aussi est-ce un des étonnements de notre époque de voir les pays anglo-saxons être à la fois les plus grands centres de capitaux et les plus grands foyers d'initiative et d'énergie, de voir, dans ces mêmes pays, les familles résister, en général, aux effets déprimants que la fortune a si souvent ailleurs; d'y voir, enfin, les richesses venir, sans cesse, vivifier les entreprises d'intérêt privé et public. Véritable pierre de touche, la richesse, pourrait-on dire, permet, par ses effets, d'apprécier la vitalité, la force de résistance que présente une race ou un type social. Voyons donc quels ont été pour nos Rochelais les résultats de cette épreuve. Quel emploi ont-ils fait de la fortune gagnée dans le négoce colonial ?

Ils n'en ont pas fait le meilleur usage.

1° *Les capitaux acquis dans le commerce ne furent pas consolidés par la pratique de la culture en France ou aux colonies.*

Vers le milieu du dix-huitième siècle, un grand nombre de Rochelais étaient parvenus, grâce à leurs remarquables aptitudes commerciales, à constituer de très grosses fortunes. A partir de ce moment, se manifeste la tendance, qui ne fera que s'accentuer, de ne laisser dans les affaires que les capitaux strictement nécessaires ou même de se retirer complètement du commerce. Un protestant, M. Rasteau, nous signale le fait : « A mesure que les négociants s'enrichissent, ils ne cherchent qu'à réaliser ; ils abandonnent peu à peu le commerce. De ces négociants qui se retirent, les uns, s'ils ne sont pas protestants, achètent des charges de grands secrétaires du Roi et de judicature pour eux et leurs enfants; tous, catholiques et protestants, achètent des terres » (1).

Les protestants, nous dit-on, achètent des terres. S'ils quittent

(1) Communiqué par M. Garnault.

les affaires, c'est peut-être pour mettre leur famille à l'abri des hasards du négoce, pour rendre leur fortune plus stable tout en la faisant fructifier lentement mais plus sûrement par la culture. Vont-ils donc, à l'exemple des négociants anglais de la même époque (1), s'établir à la campagne ou aux colonies pour constituer, pour diriger eux-mêmes de grands domaines? Vont-ils, à la fois par leurs capitaux et par l'esprit novateur acquis dans le commerce, pousser en avant la culture en France ou aux colonies?

Il n'en fut pas ainsi et pour deux raisons :

D'abord, les Rochelais n'ont plus la formation à demi rurale de leurs ancêtres. — Nous avons, en effet, constaté, au début de cette étude, que le commerce des eaux-de-vie de qualité inférieure, en se substituant au négoce des vins et du sel, avait, peu à peu, éloigné les Rochelais des choses de la culture. Aussi les propriétés que les protestants achetaient dans la banlieue de leur ville n'étaient, comme celles de tout bourgeois rochelais du dix-huitième siècle,— on l'a déjà vu, — que des résidences d'été, des rendez-vous de plaisir, dont les propriétaires se souciaient fort peu d'améliorer les cultures, abandonnées à la routine des fermiers ou des « bordiers ».

En second lieu, les Rochelais, en vertu de leur formation communautaire, ne sont pas portés vers la colonisation.

Savoir vraiment coloniser, c'est, en effet, pouvoir satisfaire à deux conditions absolument nécessaires. Il faut d'abord avoir des aptitudes rurales : ce n'est pas en créant simplement des comptoirs en terre étrangère qu'on se rend maître d'un pays, car le commerçant est tout simplement posé sur le sol. Défricher le sol, s'y implanter résolument par la culture est le seul moyen d'en devenir véritablement possesseur. En second lieu, il faut être disposé à s'installer, à demeure et sans esprit de retour, loin des siens, loin des amis, loin du clocher natal. Se déraciner d'abord pour ensuite aller, si je puis dire, se « repiquer », ce n'est qu'à ce prix qu'on fait œuvre colonisatrice (2).

(1) Lire à ce sujet dans le magistral ouvrage de M. Poinsard, *Libre-Échange et Protection* (Didot, 1893), les pages 43 à 46.

(2) Ainsi au Canada, tandis qu'en 1763 les Anglais ont pu, sans peine, faire embar-

Les Rochelais n'avaient ni l'une ni l'autre de ces aptitudes. Si la persécution en avait fait des commerçants remarquables, elle ne les avait pas modifiés au point de les débarrasser de leur formation communautaire. Hommes de groupe, ils avaient organisé leurs comptoirs, nous l'avons vu, sur le type de la communauté. Ayant acquis, par l'exclusion des carrières administratives et libérales, des aptitudes commerciales remarquables, ils sont devenus de bons négociants; mais ils n'étaient que des négociants et ils n'allaient aux colonies qu'à ce titre seulement.

Normalement (1), ils ne s'y rendent que pour développer leur commerce et non pour s'y établir à demeure, pour s'y tailler un domaine. Les cadets, vers l'âge de vingt ans, y font « un ou deux voyages pour se mettre au fait par eux-mêmes du commerce de ces contrées (2) », ou pour y surveiller les commis de leur père. Si tout va bien, ils ne tardent pas à revenir en France, laissant le soin des achats et des ventes aux commis, qui, le plus souvent, sont des parents peu fortunés. A Québec, par exemple, c'est « dans la basse ville que les négociants de La Rochelle ont leurs magasins et leurs facteurs ».

Cependant, si les affaires d'une maison de commerce ont besoin d'être relevées, l'un des fils ou l'un des frères fait un plus long séjour aux colonies; tel est le cas des « deux jeunes frères Rasteau », qui, en 1785, « vont établir une maison de commerce à Saint-Domingue tandis que le frère aîné est resté ici pour continuer celle qui y existe depuis longtemps. » Mais, lorsque le négociant qui était allé aux colonies pour y réparer « les suites de l'infortune » avait réussi, il n'avait plus qu'une pensée :

quer les fonctionnaires et les commerçants (les Rochelais étaient parmi ces derniers), ils n'ont pu jeter à la mer les Percherons et les Normands, qui, eux, s'étaient « repiqués » sur le sol de la Nouvelle-France.

(1) Si je dis « normalement », c'est avec intention. Il pouvait y avoir des exceptions et il y en a eu. Les phénomènes sociaux, en effet, par suite de la liberté humaine, ne se produisent pas avec la rigueur des phénomènes physiques ou chimiques. Néanmoins, les tendances qui résultent d'un état social donné sont si puissantes que la plupart des individus y cèdent, et c'est pour cela qu'il y a des types sociaux et des races; c'est pour cela qu'on est Breton, Corse, Provençal, Français, Anglais ou Allemand.

(2) *Archives de la Chambre de commerce.*

revoir sa bonne ville, comme ce M. de Missy, qui, pour arriver à payer les dettes de la maison paternelle, était passé à l'île de France, d'où il revint après un séjour de dix ans, sa fortune étant faite. Bref, il était très rare qu'un Rochelais s'établît aux colonies sans esprit de retour.

Plus rare encore qu'il s'y mît à la culture. Cependant, à la fin du dix-septième et au début du dix-huitième siècle, quelques familles rochelaises, poussées, par une ruine subite, à se rendre aux « Iles d'Amérique », y furent tentées par la culture, qui donnait alors d'énormes bénéfices. Mais, à peine enrichies, à la seconde génération, ces familles furent prises du mal du pays; séduites par la vie agréable que l'on menait à La Rochelle, elles vinrent y faire des séjours de plus en plus longs, et finirent par s'y établir à demeure. Les familles catholiques achetaient des charges royales, tels les Dupaty; les familles protestantes faisaient construire un bel hôtel, achetaient une propriété d'agrément, et La Rochelle voyait croître le nombre de ses brillants salons.

Quant aux « habitations » de Saint-Domingue, de la Martinique, de la Guadeloupe, elles étaient confiées à des gérants le plus souvent peu scrupuleux, et ne songeant qu'à s'enrichir eux-mêmes. Ainsi voyons-nous, en 1779, l'un de ces gérants, le nommé G..., originaire de La Rochelle, chargé de la procuration de trois « habitations ». Si nous ajoutons que ce G... a dû quitter la France à la suite d'une faillite, qu'il est couvert de dettes, que même, au dire de ses gendres, de très honorables négociants, il est d'une moralité douteuse, « qu'il favorise sa mulâtresse et ses enfants barbouillés, par des concessions et achats de maisons », l'on comprendra dans quelles mains se trouvait la gérance de ces trois « habitations ». Et ce n'était pas une exception. La tendance à revenir en France était d'ailleurs générale parmi tous les colons : à Bordeaux et dans bien d'autres villes, l'on rencontrait, comme à La Rochelle, nombre de grands propriétaires des Iles ayant abandonné et confié leurs « habitations » et leurs nègres à des gérants.

On peut s'expliquer par là les événements qui devaient mar-

5

quer la fin du dix-huitième siècle. Les nègres se trouvèrent soumis à des hommes qui voulaient s'enrichir rapidement et qui les traitaient sans ménagements. Aussi, avec l'absentéisme des grands propriétaires, se développa, de plus en plus, chez les noirs, la haine des blancs, inconnue jusqu'alors. Et quand la Constituante voulut, comme l'écrivait un Rochelais en 1791, « se mêler de choses qu'elle ne connaissait pas et qui se passaient à 2.000 lieues de France », les esclaves en profitèrent pour dévaster les domaines et égorger leurs chefs. Au contraire, en 1745, à une époque où l'absentéisme ne s'était pas encore généralisé, on avait pu écrire : « L'ennemi (les Anglais) se flattait qu'il nous ravirait au moins nos esclaves, il n'imaginait pas que des hommes terrassés par leur état fussent capables de résister à la haine et de rester fidèles à des maîtres qui étaient dans l'impuissance de les nourrir. Il s'est trompé. Nos esclaves n'ont vu dans nos ennemis que leurs ennemis, ils se sont présentés avec le zèle le plus ardent pour les combattre et les détruire et *il ne s'est pas trouvé un seul transfuge;* ils ont tous été animés de l'esprit de leurs maîtres dans l'humanité desquels ils ont puisé le modèle d'une fidélité étonnante » (1).

2° *Les capitaux acquis dans le commerce servirent surtout à développer une vie mondaine et oisive.*

Les Rochelais répugnant, on vient de le voir, à la culture et à la colonisation agricole, employaient surtout leur fortune à vivre luxueusement et joyeusement. Dès le début du dix-huitième siècle, on écrivait dans un rapport officiel : « Tous les marchands sont magnifiques en meubles et en habits et communément fiers, ce qui est assez ordinaire en ce climat. Les Rochelais aiment la bonne chère, aussi fait-il très cher vivre dans cette ville à proportion des autres villes du Royaume. »

C'était à la Bourse, de onze heures à une heure, que se faisaient les opérations commerciales; c'est là que les armateurs vendaient ou achetaient la plus grande partie de leur cargaison; ensuite, il leur suffisait de lire leur correspondance, de

_____

(1) *Archives de la Chambre de Commerce.*

jeter un coup d'œil sur le livre de caisse, de donner quelques signatures et quelques ordres à leur commis. Ils jouissaient donc de longs loisirs.

Les uns, vers quatre ou cinq heures, circulaient par la ville en carrosse ou en chaise à porteurs ; d'autres, devisant entre eux des mesures prises à la Chambre de commerce et des nouvelles commerciales ou mondaines, se promenaient, l'hiver, sous les « porches (1) », la canne à pommeau d'argent à la main ; ou bien encore, l'été, accompagnaient « les dames au café de Provence sur la place d'Armes où l'on va prendre des glaces ».

Quelques-uns cependant se livraient à des distractions plus relevées ; ils sacrifiaient aux muses, s'adonnaient à la littérature, à la musique, aux sciences. Ceux-ci, en attendant l'heure du « souper » (dix heures du soir), se retiraient souvent dans leur « cabinet » pour consacrer quelques instants à leurs études préférées. Ainsi M. André Ranson fils dont nous avons pu consulter *le livre domestique*, était un lettré délicat. Nous connaissons de lui deux poèmes : *David* et l'héroïne *d'Hersilie*. Ce dernier, tout à fait dans le goût de l'époque, lui valut, de la part du secrétaire de la célèbre Académie de Toulouse, une lettre de compliments où nous lisons : « Le trait d'histoire qui sert de fondement à votre Héroïde m'a paru fournir un sujet très bien choisi et même nouveau dans la poésie française. Votre style m'a semblé noble et pur et votre versification très correcte. » Un autre protestant, M. Paul-Pierre Raboteau, a laissé plusieurs pièces de vers, telles que « *Les jeux de l'Enfance* » et « *Rébecca* », églogue sacrée, qui remporta, en 1788, un deuxième accessit à l'Académie de La Rochelle et ouvrit à l'auteur les portes de cette Compagnie.

Les gazettes étaient très lues par nos Rochelais et nombre d'entre eux recevaient des feuilles littéraires comme l'*Encyclopédie de Pellet*, la *Gazette de Leyde*, le *Journal Helvétique*. Pendant longtemps, les négociants eurent, à la Bourse, une salle où l'on pouvait à la fois consulter les gazettes et pren-

(1) C'est ainsi qu'on appelle à La Rochelle les arcades qui bordent les rues principales.

dre des rafraîchissements. Notons, enfin, que La Rochelle avait, elle aussi, son journal, d'abord la *Gazette de Salun;* puis, plus tard, à partir de 1768, les *Petites Affiches.* Ce dernier journal se distinguait par un caractère très pratique qu'un négociant nous fait connaître : « J'ai été le premier à prêcher, écrit-il, qu'il convenait de remplir cette feuille principalement de ce qui pouvait avoir trait au commerce, à ce nerf et à ce lien des nations... enfin à toutes les sciences économiques sans lesquelles l'homme retomberait bientôt dans son état primitif d'ignorance et de férocité. » Rien d'étonnant donc que parmi ces négociants à l'esprit si ouvert il y en eût plus d'un sachant manier la plume. Nous pourrions citer nombre de mémoires de la Chambre de commerce qui leur font grand honneur et qui nous les montrent versés dans toutes les questions commerciales. Ils ne se bornent pas à la connaissance approfondie de ce qui concerne leur négoce, ils comprennent, également à merveille, la situation économique des divers pays de l'Europe. Il n'y a pas à s'en étonner lorsque l'on sait de quelle manière intelligente ils profitent des séjours faits dans les pays étrangers, soit pendant leur jeunesse soit plus tard, lorsqu'ils y retournent pour leurs affaires. Ils notent scrupuleusement tout ce qu'ils font, voient et entendent.

Voici, par exemple, deux jeunes protestants rochelais qui, en 1749, accomplissent un long voyage à travers la France, les Flandres et la Hollande. Ils nous tracent, en commençant, un petit tableau précis de la vie commerciale de chaque ville qu'ils visitent. Ils sont à Saardam, « village à deux lieues d'Amsterdam qui est charmant, toutes les filles y sont jolies, les maisons très propres, les paysans sont fort riches ; on y construit beaucoup de navires marchands et on assure qu'on pourrait, tous les jours, en mettre un neuf à l'eau. Il y a quantité de moulins à vent; les uns à blé, à tabac, à scier, à papier, etc.; les bois de construction se tirent du Nord, de même que les sapins. La campagne est couverte de bestiaux. Par le moyen des digues et des écluses, on retient les eaux, qui sans cela inonderaient tout le pays; on voit, à distance de 6 toises, l'eau de 25 pieds plus haute que la terre. » Nos jeunes gens ne manquent pas de décrire la Bourse de chaque ville : « A Amsterdam, nous disent-ils, la Bourse, qui contient 6.000 âmes, est pleine tous les jours à midi et demi, excepté le samedi, jour de sabbat, que les juifs ne font aucune affaire. » On nous signale aussi les bons et les mauvais gîtes, les endroits où l'on « fait bonne chère » et où l'on s'amuse. Mais, à côté d'observations dénotant le caractère pratique du Rochelais, nous en trouvons qui nous montrent l'homme cultivé, à l'esprit ouvert, mondain et galant. Aussi on ne manque pas de nous décrire les monuments des villes traversées. Ces protestants visitent les églises, y admirent les tableaux et les sculptures. Ils vont voir les collectionneurs en renom. La musique les intéresse ; ils nous apprennent que telles orgues sont harmonieuses ; ils assistent à des concerts. Enfin et surtout, si la société est aimable et si les femmes sont jolies, ils ont bien soin de nous le dire.

Par sa vie mondaine, par sa bourgeoisie délicate et raffinée, La Rochelle formait, au dix-huitième siècle, un piquant contraste, dont elle s'enorgueillissait, avec sa voisine Rochefort, ville parvenue, sans histoire, créée de toutes pièces par Colbert, habitée par des fonctionnaires de passage ou par de simples marchands. M. André Ranson exprimait bien le dédain ironique du Rochelais pour ce port de guerre lorsqu'il écrivait : « Nous ferons le moins de séjour possible à Rochefort, vu qu'on trouve plus d'ennui que de bon air (1) dans cette chère ville. » On gardait, au contraire, une si aimable impression des moments passés dans les salons rochelais, qu'un étranger, au moment de son départ, dédiait une romance à la société rochelaise, car disait-il :

« Le souvenir de ces lieux pleins de charme
Sera bientôt mon unique bonheur. »

C'était, dans de petits groupements, appelés « sociétés », que se concentrait la vie mondaine. Ces « sociétés » se composaient d'un certain nombre de familles qui s'assemblaient presque chaque

(1) Le climat de Rochefort était alors très fiévreux.

jour, l'hiver, à des dîners, à des soupers, ou au théâtre. L'été, elles se réunissaient dans leurs « maisons des champs », voisines les unes des autres et situées dans les villages de la banlieue. Ces « sociétés » comprenaient surtout des protestants, néanmoins les catholiques n'en étaient pas exclus. A La Rochelle, d'ailleurs, presque de tout temps, ceux-ci ont vécu en excellents termes avec ceux-là et il ne leur déplaisait point de partager les plaisirs de ces riches négociants, les premiers de la cité autant par leur grande situation commerciale que par leur distinction. Mais, par contre, pour être admis dans une « société », il était absolument nécessaire d'avoir même profession, mêmes goûts et à peu près même situation de fortune que la majorité des membres. Les cinq ou six « sociétés » qui, dans la seconde moitié du dix-huitième siècle, étaient à la tête du mouvement mondain, se recrutaient parmi les grands *négociants* : armateurs, raffineurs, commissionnaires, protestants pour la plupart. Ces « sociétés » de choix n'admettaient que des *négociants*. Un protestant, riche, instruit, n'y était pas reçu si la profession qu'il exerçait le faisait qualifier de *marchand*. Au contraire, un *négociant* catholique, comme M. Goguet, était, avec sa famille, l'un des assidus de la plus distinguée, de la plus charmante, de la plus frivole aussi des « sociétés » protestantes, celle « des dames Carayon ».

Vers 1780, la famille Carayon était assurément la première de la ville par la fortune et la distinction de ses membres. M. Carayon, grand armateur, ancien directeur de la Chambre de commerce, était le représentant d'une véritable dynastie de négociants qui se succédaient à La Rochelle depuis plus d'un siècle. Ses deux fils, jeunes gens fort instruits et dont l'aîné était déjà membre de l'Académie de La Rochelle, contribuaient avec leur sœur, Mᵐᵉ Gast, renommée pour sa beauté, à donner à la « société de Mᵐᵉ Carayon » un très vif éclat. Ce n'étaient donc entre les familles Carayon, Garesché, Nairac, Guibert (1), Goguet, etc., que dîners, soupers, bals, et réceptions continuelles.

(1) Les familles Guibert et Goguet étaient catholiques.

On donne également de grands bals non seulement dans toutes les « sociétés » de négociants, mais même à l'Intendance, où, protestants et catholiques, officiers de la garnison, juges et avocats au Présidial, se coudoient ; Mme Gast, la belle protestante, y brille tout particulièrement, nous dit-on, car « personne n'est aussi bien qu'elle à la danse ». C'est ainsi, encore, que certains invitent de nombreux convives, tel M. Nairac qui, en 1771, offre « un souper à trente jolies femmes. »

Cependant c'est habituellement dans le cercle plus restreint de sa « société » que chacun se distrait. Une famille, à tour de rôle, est chargée de recevoir et on se réunit presque chaque jour de six à dix heures avant le « souper » du soir. On cause, on fait de la musique : MM. Weiss frères, par exemple, offrent tous les jeudis un concert à leur « société ». L'on joue aussi beaucoup aux cartes, car le jeu était alors une véritable passion pour les Rochelais. Très fréquents également sont les « dîners » qui, accompagnés de longues causeries se prolongent souvent de 1 à 5 heures de l'après-midi. Le Rochelais, en matière gastronomique, comme en toute autre, fait preuve de goût : c'est un délicat, un gourmet, sa table est peu chargée, mais l'on y trouve des mets choisis et surtout des vins de choix. Aussi, lorsqu'il voyage, ne manque-t-il pas de noter les endroits où la table est bonne. C'est pourquoi l'un d'eux nous apprend que : « A Genève, on donne à manger très délicatement ; particulièrement en poissons. Les truites du lac sont délicieuses, aucun de nos cuisiniers français ne peut attraper le point de perfection de la sauce genevoise. » A la sortie du théâtre, au moindre prétexe enfin, les membres de la société soupaient ensemble (dix heures du soir). Les anniversaires, les fiançailles, les mariages étaient encore des occasions toujours mises à profit pour donner des dîners, des soupers et des bals. Et à la fin du repas, jeunes gens, jeunes femmes ou jeunes filles font entendre une chanson de leur composition ; manger et boire n'est pas tout, on y joint les plaisirs de l'esprit :

> « A la gaieté de la table
> Ne suffisent pas les pôts,

Il faut qu'un jaseur aimable
Sème les joyeux propos » (1).

C'est ainsi qu'à un souper de noce, Mme Carayon engage la
mariée à ne point se défendre contre l'amour.

« A cette aimable ivresse
Il faut vous préparer.
L'amour, belle jeunesse,
Saura vous inspirer.
Vous porterez ses chaînes,
Vous gémirez.
Vous sentirez ses peines,
Vous aimerez. »

..... A l'époque du carnaval se plaçait la grande période des
bals, des dîners et des soupers.
Et les Rochelais de dire :

« Tous les hivers, joyeux Épiphanie,
Nous t'attendons pour célébrer nos jeux. »

Aussi est-ce avec mélancolie que l'on voyait venir le terme de
cette aimable saison :

« Le carnaval s'en va finir;
Adieu la joie et le plaisir,
C'est ce qui me désole.
Mais dans un an il reviendra,
Et deux mois entiers durera,
C'est ce qui me console. »

La vie mondaine était, pour les Rochelais, un tel besoin,
qu' « après les orages de la Révolution », après « l'extinction du
papier-monnaie », après, enfin, la perte de Saint-Domingue,
beaucoup de familles, ayant vu leur fortune très atteinte et
ayant dû diminuer leurs réceptions, il vint à l'idée de quelques
dames de s'associer pour la création d'un salon commun. Dans
ce but, elles organisent, en 1796, une sorte de club de Dames
où « les hommes ne sont reçus que sur la présentation des dames

(1) Cette pièce de vers et les suivantes nous ont été communiquées par M. Ranson.

abonnées ». Ce salon est ouvert d'octobre au printemps et se tient dans une maison louée pour cet usage. La cotisation est de 60 livres. « Deux Dames de la société sont chargées, à tour de rôle, de faire les honneurs et doivent se trouver à l'heure indiquée pour ne se retirer que les dernières. » Enfin, « les assemblées ont lieu cinq fois par semaine, le dimanche, le lundi, le mardi, le jeudi et le vendredi. Elles commencent à 6 heures pour finir à 10 heures précises.

Voilà, certes, un fait qui suffirait à lui seul à montrer l'intensité de la vie mondaine rochelaise, surtout si l'on songe que ces réunions multipliées avaient lieu à une époque où la bourgeoisie avait été en partie ruinée par la Révolution.

Les dîners, les soupers, les bals, les réceptions de toutes sortes étaient aussi entrecoupés de soirées passées au théâtre ou aux séances publiques de l'Académie.

Les Rochelais semblent avoir une affection spéciale pour leur théâtre; d'octobre à mars, l'on joue deux ou trois fois par semaine des opéras ou des pièces de M. de Voltaire, de M. de la Harpe ou d'autres auteurs en vogue.

Mais les séances de l'Académie, toujours très attendues, étaient peut-être encore plus appréciées que les soirées théâtrales. Cette institution répondait bien, par ses travaux comme par sa composition, aux goûts de la bourgeoisie rochelaise. A côté de savants comme le naturaliste de La Faille, comme le célèbre physicien rochelais Réaumur; à côté de fins lettrés, comme Dupaty et le P. Arcère; à côté, enfin, de jurisconsultes, comme Valin, l'on rencontrait des négociants, catholiques parfois, mais plus souvent protestants, comme MM. Raboteau, Jacques Carayon et de Beaussay. Ce dernier fut même directeur de l'Académie en 1785. Ces négociants ne laissaient pas d'imprimer aux travaux de l'Académie un caractère singulièrement pratique que l'on retrouve même dans les discours prononcés par des membres étrangers aux choses du commerce. Nous pourrions citer maintes lectures, particulièrement de M. de La Faille ou du P. Arcère, qui dénotent bien ce caractère : c'est, par exemple, une « Dissertation sur la cause de la fièvre en Aunis »; c'est encore un « Discours

sur les secours mutuels que se prêtent le commerce et les arts ».
Quant aux négociants, ils lisaient, comme M. Gastumeau, une
« Dissertation sur la légitimité des intérêts d'argent qui ont lieu
dans le commerce ». Ou, comme M. Jacques Carayon, un
« Essai sur les moyens de perfectionner les distilleries des vins »
et un « Mémoire sur le moyen d'empêcher les vacillations et
l'oscillation de l'aiguille aimantée ».

Pendant longtemps, les Rochelais, très amateurs de musique,
eurent aussi une « Académie de drame et de musique ».

. Cette existence mondaine intense, cette recherche continuelle
des plaisirs eurent pour résultat de détourner du commerce la
bourgeoisie riche, et, en particulier, les jeunes gens. La vie aimable et facile l'emporta de plus en plus sur la vie laborieuse.
Quel contraste entre ces protestants d'esprit léger, gais, rieurs,
et leurs coreligionnaires génevois et hollandais, austères, som-
bres ou taciturnes! De là, l'étonnement que manifestaient nos
Rochelais lorsqu'ils voyageaient en Suisse ou en Hollande. André
Ranson, par exemple, en traversant ce dernier pays, remarque
que « les dames hollandaises vivent trop retirées chez elles avec
leurs maris; ceux-ci, continuellement livrés à leurs affaires et
à leurs pipes, ne voient pour ainsi dire pas les dames. » Et notre
protestant le regrette d'autant plus que « le sang est beau » et
« qu'à chaque instant on découvre, sous des chapeaux de paille
ou de velours, des petits minois charmants ».

Ces protestants du Nord, Hollandais ou Anglais, hommes austères, amis du « home » et de la vie de famille, choquent nos
protestants rochelais, mondains et galants, auxquels il n'est
pas indifférent que « les dames aient un joli minois et qu'elles
soient vives, aimables et douées d'esprit ».

Cette évolution du bourgeois rochelais prouve qu'il ne faut
pas attribuer au protestantisme les qualités de dignité et de sérieux que l'on remarque chez un certain nombre de protestants
français (1). Ces qualités ont été développées par l'ostracisme

(1) Quant aux Anglais et aux Hollandais c'est à la formation sociale, à l'éducation,
qu'ils doivent ces qualités qu'ils avaient déjà avant d'être protestants et que l'on
retrouve chez leurs compatriotes catholiques.

dont ces derniers ont été frappés pendant plusieurs siècles. Exclus des professions brillantes et parasites et obligés de se livrer exclusivement aux professions usuelles, ils ont acquis, par le fait même, l'habitude du travail, de la vie sérieuse et l'esprit pratique. Le travail, comme il arrive toujours, a mis sur eux son empreinte.

Et c'est ce qui contribua à donner à La Rochelle sa période de prospérité. Mais, lorsque les familles, grâce à leur richesse, ne furent plus inquiétées, elles cherchèrent à s'évader des situations commerciales, avant même que les lois d'exception qui les y avaient emprisonnées fussent abolies. Alors, tout en restant protestantes, elles devinrent aussi mondaines et aussi frivoles qu'elles avaient été auparavant sérieuses et même austères; elles ne le cédèrent en rien aux familles catholiques placées dans les mêmes conditions.

Et ce fut, pour La Rochelle, le commencement de la décadence, dont nous allons voir les suites.

V

LA DÉCADENCE COMMERCIALE

I

Nous avons montré comment la bourgeoisie rochelaise avait su pendant longtemps résister aux crises commerciales et maintenir la prospérité de ses comptoirs. Cette prospérité avait développé le luxe et la vie mondaine.

Mais cette vie mondaine à la fois si raffinée et si intense, qui donnait à la bourgeoisie rochelaise son caractère aimable et charmant, n'était pas, cependant, sans présenter de très graves inconvénients. En s'y abandonnant de plus en plus, à partir du milieu du dix-huitième siècle, les familles ne tardèrent pas à perdre les fortes et sérieuses qualités acquises pendant la période antérieure, sous l'influence du travail intense.

On constate alors que beaucoup de négociants se livrent à des dépenses exagérées dont se montraient fort scandalisés d'autres protestants auxquels leur qualité de « marchands » interdisait l'entrée des salons et qui, par cela même, menaient une existence plus sérieuse. Ils qualifiaient ces dépenses d' « effroyables » et l'un d'eux s'en ouvrait à M. Osterwald, protestant suisse très austère : « Vous m'apprenez, lui écrivait-il, que le luxe ne fait pas moins de progrès dans votre pays que parmi nous et qu'il n'y produit pas de meilleurs effets. » Aussi le même Rochelais invitait, plus tard, ses enfants « à vivre avec une sage économie, en évitant les folles dépenses où le luxe entraine journellement et fait tomber les maisons les plus opulentes ».

L'exagération de la vie mondaine ne détruisait pas seulement les fortunes, elle tendait, de plus en plus, à ruiner la vie de famille. Les pères, les mères, continuellement distraits par les plaisirs, arrivèrent, en effet, à s'occuper de moins en moins de l'éducation de leurs enfants. Cela était d'autant plus grave pour les protestants rochelais que, leur force sociale découlant d'une cohésion particulièrement puissante de la famille, il leur fallait, pour maintenir cette cohésion, donner une attention spéciale à la formation première des enfants, les dresser au respect familial, les rendre aptes à se sacrifier à la famille, et leur inculquer de fermes croyances religieuses.

Aussi, beaucoup de jeunes protestants ne recevaient plus cette première éducation qui, sans développer beaucoup l'énergie et l'initiative individuelles, était, du moins, parvenue jusqu'alors à faire des hommes fortement liés les uns aux autres, tout dévoués aux intérêts de leur famille et de leurs coreligionnaires, bref, des communautaires de famille.

Nous avons vu que les jeunes Rochelais allaient faire, à partir de quatorze ans, des séjours et des voyages à l'étranger, pour s'y former au commerce. Ces voyages contribuaient à développer des qualités personnelles d'initiative et d'énergie. Mais lorsque les protestants ne furent plus inquiétés, ils commencèrent à se détourner du commerce. Ainsi, dès 1760, on observe une tendance très sensible à ne plus envoyer les enfants à l'étranger; et l'on écrivait à ce sujet : « Comme il nous manque maintenant peu de maîtres, il y a peu de personnes qui envoient leurs enfants en pension à l'étranger. »

On assiste, dès lors, à une décadence croissante du comptoir rochelais. Les fils de famille les plus riches ont une tendance à abandonner le commerce. Les « charges décoratives » leur étant fermées, ils vivaient de cette existence facile qui, à la fin de l'Ancien Régime, était le partage des classes riches. Cette oisiveté ne tarde pas à leur peser, comme le constate l'un d'entre eux : « X*** est triste, il me dit qu'il est souffrant et languissant; je crois que le cher X*** voudrait bien être quelque chose et que son grand mal vient de ce qu'il ne sait à quel saint se vouer. Je le vois d'ici s'ennuyant à sa chère campagne, s'en-nuyant quand il est seul... »

Mais l'oisiveté n'amène pas seulement l'ennui, elle est la mère de tous les vices. Dans les « sociétés » de La Rochelle les scan-dales n'étaient point rares et, si l'on en croit un contemporain dont nous avons pu consulter le « livre domestique », l'on ren-contrait, dans les salons, plus d'un mari trompé. La bourgeoisie protestante pouvait d'autant moins se défendre de ces désordres, qu'avec la dissolution de la famille le frein religieux se déten-dait de plus en plus. De même, à la fin du siècle, les protes-tants ne savaient même plus, aux époques des grandes fêtes chrétiennes, faire trêve à leur passion du jeu et, en 1779, on pouvait écrire : « Il y a dix ans, on se serait cru damné de toucher des cartes au saint jour de Noël. »

Telle était la situation de la bourgeoisie rochelaise, lorsque se produisirent deux événements qui vinrent précipiter sa ruine matérielle et sociale.

II

Le premier fut la suppression du régime douanier qui égali-sait jusqu'alors les chances de succès entre La Rochelle et ses deux rivales : Nantes et Bordeaux.

La situation géographique de Nantes et de Bordeaux prédis-posait naturellement, comme on l'a vu, ces deux villes au commerce colonial. On sait également qu'il n'en était pas de même pour la Rochelle. Cependant, on n'a pas oublié que, de-venue port des « Cinq Grosses Fermes » et ayant eu cet avan-tage garanti par l'article II des lettres patentes de 1717, La Ro-chelle put, elle aussi à son tour, trafiquer sans désavantage, avec les colonies, avec l'Espagne et le Portugal. Mais le Pou-voir devait lui enlever ce qu'il lui avait donné.

La Révolution arrive. La Constituante, poursuivant l'œuvre de Colbert, supprime toutes les barrières intérieures et repousse les lignes de douanes aux frontières du Royaume. Donc plus de provinces dites des « Cinq Grosses Fermes », plus de provinces « Réputées Étrangères », plus de provinces « à l'Instar de l'Étranger ». Conséquences : plus de droits locaux, plus de péages, plus de « crocodiles de la Loire », et l'équilibre, maintenu artificiellement entre La Rochelle et ses deux rivales, Nantes et Bordeaux, se trouva rompu au profit de ces deux derniers ports.

Le second événement auquel nous faisions allusion fut le libre accès des protestants à toutes les carrières administratives et libérales.

La Constituante, en rendant aux protestants tous leurs droits de Français, leur ouvrait, du même coup, toutes les carrières administratives et libérales. Les Rochelais s'empressèrent d'abandonner le commerce, de se diriger vers ces professions ; la pratique du négoce pendant plusieurs générations n'avait pas suffi à les rendre inaccessibles à l'attrait de ces carrières qu'ils qualifiaient, eux aussi, de « décoratives ». Sans doute, cette évolution ne s'accomplit pas du jour au lendemain. Mais, accélerée dans sa marche par les ruines qu'accumulèrent, en France et aux colonies, la Révolution et l'Empire, elle était à peu près achevée en 1815. A cette époque, en effet, alors que le commerce colonial redevenait possible, au lieu des vingt-cinq familles protestantes qui, à La Rochelle, étaient encore adonnées traditionnellement au négoce, en 1789, il n'en restait plus que sept : les familles Garesché, Seignette, Admyrault, Rasteau, de Tandebaratz, Weiss, de Heinbach. En 1830, on n'en comptait plus que quatre. Notons que les familles d'origine étrangère furent parmi celles qui restèrent le plus longtemps fidèles au commerce. Quant aux autres, non seulement elles avaient délaissé le négoce, mais plusieurs même avaient quitté La Rochelle et leurs fils étaient entrés dans des situations administratives ou dans des professions libérales.

Pour préciser davantage, nous ne saurions mieux faire que de citer l'exemple de la famille Robert. Son histoire est très caractéristique et, tout en grossissant les traits, elle donne, en raccourci, une idée très nette de l'évolution des familles protestantes.

A l'époque de la révocation de l'Édit de Nantes, l'ancêtre de la famille, Pierre Robert, était avocat au parlement de Bordeaux. Contraint de vendre sa charge, il se retire dans sa propriété de Bellevue, en Saintonge, où, nous dit le livre de la famille, « il vécut noblement, uniquement occupé du soin d'élever ses enfants ». Cependant, comme les ressources de la famille étaient restreintes, les fils ne pouvaient plus songer « à vivre noblement ». Or, toutes les carrières libérales étant fermées, l'ancien avocat au Parlement dut se résigner à faire de ses enfants de simples commerçants. L'un d'eux, Jean Robert, fut donc envoyé à La Rochelle « pour apprendre le commerce ; il fut commis chez Thréséar Bonfils (un coreligionnaire), où il tenait les livres ». Dans la suite, ce jeune homme vint s'installer à Cognac, où il se maria en 1724 ; mais il fut bientôt exposé à des persécutions : deux de ses filles « lui furent enlevées par ordre de la Cour et enfermées au monastère des Filles de Sainte-Claire de Saintes ». Le malheureux père songe, alors, que ses coreligionnaires rochelais jouissent déjà d'une tolérance presque complète. Il vient donc, comme bien d'autres, chercher un refuge à La Rochelle. Il y crée une maison de commission. Ses deux fils, Pierre et Jean-Paul Robert, lui succèdent, et créent une belle fortune.

Voilà donc une famille protestante qui, du fait de la révocation de l'édit de Nantes, fut obligée d'abandonner les carrières libérales, et de s'adonner, pendant trois quarts de siècle, au négoce.

Mais elle n'attend qu'une occasion pour en sortir. Déjà, quelques années avant 1789, Élie Robert, fils aîné de Pierre Robert, s'était montré peu disposé à entrer dans le comptoir paternel ; il vivait de l'agréable vie des jeunes oisifs protestants qui ne pouvaient aspirer aux charges décoratives, mais qui avaient un vif désir d'y parvenir. Aussi, à peine la Révolution avait-elle admis les protestants à tous les emplois, que nous voyons (1790) Élie Robert, pourvu par un riche mariage d'une fortune de 200.000 livres, acheter une charge royale.

Ainsi la famille Robert abandonnait le négoce, revenait aux carrières libérales et la maison de commerce, après la mort de Pierre Robert, tombait aux mains de son associé, M. de Heinbach, protestant d'origine allemande.

III

Nous croyons avoir résolu le problème que nous posions au début de cette étude. Nous connaissons, en effet, maintenant, les causes qui expliquent la grande prospérité commerciale de La Rochelle aux dix-septième et dix-huitième siècles. Nous savons aussi que ces causes, étant essentiellement artificielles, ne durèrent pas longtemps, et que, lorsqu'elles cessèrent d'agir, on vit brusquement disparaître la grandeur commerciale de La Rochelle.

Alors commença ce qu'on pourrait appeler : la troisième période de l'histoire de La Rochelle. En 1815, Nantes et Bordeaux s'adonnèrent de nouveau au commerce colonial, mais La Rochelle ne les imita pas, elle revint purement et simplement au commerce antique et traditionnel qui avait caractérisé sa première période, celui des denrées agricoles de l'Aunis. Désormais elle se borna à exporter, principalement dans les pays du Nord, les eaux-de-vie et les sels.

Elle conserva cependant des relations avec l'Amérique, mais seulement avec les États-Unis et Terre-Neuve, parce que, là encore, elle écoulait ses eaux-de-vie et ses sels.

Quant à commercer avec les régions tropicales, où elle ne peut exporter les produits de l'Aunis, quant à vouloir lutter avec Nantes et Bordeaux, il n'en n'est plus question. D'une part, elle n'est plus le port des « Cinq Grosses Fermes »; de l'autre, sa nouvelle bourgeoisie, n'étant plus contrainte au négoce, par des lois arbitraires, ne fournit plus les tenaces et habiles négociants du dix-huitième siècle.

Cette troisième période de l'histoire rochelaise ne devait pas être de longue durée. Un terrible fléau, le phylloxéra, vint bientôt donner un coup mortel au commerce des eaux-de-vie. Enfin, par suite du développement des chemins de fer, les salines de l'Aunis rencontraient la redoutable concurrence des sels gemmés. Il est vrai que si La Rochelle avait, sur ce point, à souffrir du progrès des transports, elle avait, d'autre part, beaucoup à s'en louer.

En effet, elle entra dans la quatrième période de son histoire le 9 septembre 1857, jour de l'ouverture de la ligne de chemin de fer qui la reliait à Poitiers et à Paris. C'est grâce à cette ligne qu'elle put remplacer le commerce déclinant des produits naturels de l'Aunis par un commerce de transit. Et, grâce encore à cette ligne ferrée, il lui devint, à nouveau, possible de lutter, dans une certaine mesure, avec Nantes et Bordeaux, qui perdaient, d'année en année, les avantages de leur situation fluviale, en raison de l'ensablement de la Loire et de la Gironde. Aussi, La Rochelle, surtout à partir de 1870, se mit-elle à écouler, dans le centre de la France, les minerais d'Espagne, les houilles d'Angleterre, les bois de Norvège, les vins d'Espagne et d'Algérie. Enfin, son trafic progressant, l'État la dotait, en 1890, du splendide port en eaux profondes de La Pallice. Mais, si le mouvement maritime de La Rochelle a depuis lors très notablement augmenté, c'est surtout aux navires étrangers qu'on le doit. C'est que, là comme dans d'autres régions de notre France, trop de jeunes énergies s'éloignent des professions usuelles.

Qu'il nous soit donc permis, au terme de cette étude, de souhaiter que nos compatriotes veuillent bien, en se souvenant de ce qui fit la force de leurs prédécesseurs du dix-huitième siècle, écouter les conseils de ces bons Français, de ces ardents patriotes, qui dénoncent courageusement nos infériorités. Le seul moyen de relèvement est de soumettre nos fils à une éducation plus appropriée aux temps nouveaux, et ainsi de les mieux armer pour la vie.

Qu'on nous permette aussi de formuler un autre vœu. Nous voudrions que cet essai pût décider l'un de nos compatriotes à faire, pour le présent, ce que nous venons de faire pour le passé. Il pourrait, en s'aidant du merveilleux instrument d'analyse qu'on doit à M. de Tourville, étudier ce petit coin de terre dont le nom sonne si poétiquement, le pays d'Aunis.

TYPOGRAPHIE FIRMIN-DIDOT ET Cⁱᵉ. — MESNIL (EURE).

www.ingramcontent.com/pod-product-compliance
Lightning Source LLC
Chambersburg PA
CBHW060439260626
47161CB00005B/1990